新世紀叢書

當代重要思潮・人文心靈・宗教・社會文化關懷

閒暇：一種靈魂的狀態

Leisure,The Basis of Culture

（第三版）

作者◎尤瑟夫・皮柏 Josef Pieper

譯者◎劉森堯　　　　校訂導讀◎沈清松

第一版書名為《閒暇：文化的基礎》

【編輯說明】

本書輯錄德國當代哲學家尤瑟夫・皮柏（Josef Pieper, 1904-1997）的兩篇文章，這兩篇文章均完成於一九四七年夏天，並曾在德國分別出版。第一篇原名〈閒暇與崇拜〉（Musse und Kult），第二篇原名〈何謂哲思〉（Was heiβt philosophieren），其中第二篇最初是以演講稿方式寫成，於波昂公開發表。

兩篇論文的思想源頭互有關聯，第一篇旨在闡明閒暇乃奠基於「崇拜」，英文裡「崇拜」（cult）涵義較狹隘，但德文的原意遠比英文廣泛，至少不僅限於宗教禮拜，而指原始或古代人的節慶祭拜儀式。第二篇則從柏拉圖、亞里斯多德、聖奧古斯丁和多瑪斯的哲學傳統詮釋何謂哲學思索，唯有了解哲學與哲學思索的關係，我們才能理解柏拉圖的哲學學院，亦即雅典學院，會同時是俱樂部和慶典崇拜的團體。

本書於一九四七年初版，一九五二年英譯本首度出版，旋即引起英美學界熱烈反應。獲得一九四八年諾貝爾文學獎的英國詩人艾略特（T. S. Eliot, 1888-1965）特別撰寫〈哲學的洞見和智慧〉專文推介，美國「新批評派」代表詩人艾倫・泰特（Allan Tate）也在《紐約時報》（*New York Times*）發表書評〈尋求上智〉，英美各大報刊雜誌相關書評報導亦給予最高評價。一九九八年爲紀念德文版五十週年，更新英譯本出版，著名英國哲學家史克魯頓（Roger Scruton）爲新版作序。

中文版根據德文原版翻譯，附錄艾略特的導讀全文，至於其他相關評論文章，篇幅甚多，玆擇其要者節錄，以供讀者了解本書所引發的文化迴響。

你們要休息，然後認知，我就是上帝。

——《聖經》〈詩篇45：Ⅱ〉

閒暇：一種靈魂的狀態

【目錄】本書總頁數共240頁

第一篇：閒暇與崇拜

第二篇：何謂哲思？

【本書相關評論】

我們必須重覓哲學和神學之間正確關係的立足點，這是哲學家安身立命之處，依我看來，此即為皮柏論述的核心觀點。重新認識哲學原本的真正面貌，對任何現代智識份子都是重要之事，否則只能自我侷限於某種祕密科學領域，過著扭曲而謬誤的生活。唯其能真正認識和理解哲學，方能增長吾人之智慧和洞見。

……

偉大的哲學家以激發人們思考的方式傳達觀念，並展現其無與倫比的個人魅力，猶如偉大的文學作品不斷激盪我們的心靈，尤瑟夫．皮柏正是這種風格的思想家。

——**詩人　艾略特**（T. S. Eliot）

閒暇並不是工作的休止，而是另一種類型的工作——是一種具有人性意義的工作，好比節日的慶典活動。宗教要教導我們的正是這個道理，這層道理對信仰者或非信仰者都一樣重要。我們要努力去追求閒暇，「在我們的努力終結之際」，我們會為我們的存在感到喜悅而心存感激。

……

皮柏的書本身就是一席饗宴，他以簡潔明暢的筆觸，說明閒暇的觀念不僅是一種文化的理論，也不僅是我們這個迷惘時代裡的一種自然神學。閒暇，基本上更是一種哲學中的哲學——說明在現今科學和技術已然凌駕人之天命的時代，哲學能夠為我們做什麼，以及哲學應該為我們做什麼。他所謂的「天命」（divine command），正是從希伯來先知伊利亞到巴斯卡和齊克果一脈相承而來的「沉靜之音」，也正是他以其溫和方式告訴我們的：心靜而後能知。

——英國哲學家　史克魯頓（Roger Scruton）

摘自一九九八年英譯本序

工作和閒暇的截然兩分，現代人視為理所當然，究其緣由，主要是我們已習於把閒暇當成是補償性的替代品——從非人性的勞動中空洞而帶強制性的脫逃，皮柏的書討論的主題，正是重新尋回閒暇和沉思默想合一的生活，這個古老的傳統可追溯至先基督教時代的古希臘，也就是柏拉圖與亞里斯多德的時代。

……

皮柏向我們提供的訊息直接明瞭……如果我們繼續膜拜機器，繼續膜拜實用性的知識，繼續膜拜年輕和常識性的心靈，那我們的社會，將會淪為一個奴隸社會……，皮柏深邃的洞察讓人動容，甚至使人震驚。

——**艾倫．泰特**（Allan Tate）**《紐約時報書評》**

一九五二年二月二十四日

「靜而後能知。」想要獲得真知，唯有透過閒暇。皮柏博士邀我們去重新發現的，不只是個被擯斥已久的知識概念，還是個被擯斥已久的閒暇概念。在皮柏博士指控當代世界的各項罪狀中，最讓人心情沉重的一項，莫過於是說這個世界已經傷痕累累，已經臣服於「工作神明」（idolatry of work）的腳下，只知不停運轉而失去了目的感。

——**倫敦《泰晤士報文學副刊》**

一九五二年二月一日

皮柏教授討論的主題跟每個人的日常生活息息相關，但他的論點獨樹一格，不同於流俗；文風清晰直接，讓人難忘。

……

皮柏重新肯定曾經盛行但如今已被世人遺忘的古老哲學傳統：生命中最美好的事物都是上天自由賜與的，而不是勞動賺取的，直觀比推論更接近真理。

——**艾姆斯**（A. C. Ames）　**《芝加哥論壇報》**

一九五二年四月十三日

閒暇，乃是任何文化復興的先決條件，其根源則是來自有閒和奉獻的階層。

——倫敦《觀察家》雜誌
一九五二年五月三十日

以目前情況而言，許多人正以社會學角度熱中研究休閒，並教育大眾休閒活動的好處，我們似乎有必要更深入分析此一重要的文化觀念。皮柏博士為我們做了許多極有價值的研究——他爬梳相關的思想脈絡，不但涵蓋面更廣博，而且論述精深，言之有物。

——**蓋伊．亨特**（Guy Hunter）**《新政治家和國家》雜誌**
一九五二年四月五日

「為了人類社會能夠更完美，」多瑪斯寫道：「我們當中需要有些人去過『無用的』默觀生活。」現代中產階級文明無法理解閒暇真正的意義和高貴的價值，因而沉思默想生活的觀念早已失落，在這樣的生活中，也就失落了有關人之所以為人的觀念。

——威廉・克蘭西（William P. Clancy）《共和國》雜誌

一九五二年四月十一日

閒暇是一種心靈的態度，也是靈魂的一種狀態，可以培養一個人對世界的觀照能力。

——卡爾・霍迪（Carl Houde）《國家》雜誌

一九五二年十月十八日

所謂的閒暇，並不是懶惰，而是「人類精神的自由和解放，人們得以沉思默想並和外在世界和睦相處，心靈因而獲得力量和滋養。」

——《舊金山紀事報》

一九五二年三月十六日

皮柏運用一種非常清晰的語調和迷人的寫作風格，來重新寫作古希臘和中世紀大哲的思想，和他本人對於日常生活意義的哲思。在他看來，日常語言絲毫不會犧牲人的哲學思想的本質，對日常語言的巧妙運用，這正是他寫作的祕訣，使得皮柏成為最受閱讀的哲學家之一，他也藉此向世人證明了哲學在現代社會中的重要功能。柏拉圖的哲學是以對話的形式撰寫的，柏拉圖的辯證法便是對話的藝術；至於多瑪斯的哲學最重要的形式，便是與其他哲學家與哲學立場相互問答（*quaestio*），其真正意義也在於對話。也因此，在皮柏看來，這兩位大哲在思想的趣味與作品的結構上，就可以因著對話而成為是互補的。而他自己則進一步將他們所啟發的哲思，取來與現實生活中人的實踐歷程對話。

——**多倫多大學講座教授　沈清松**

越是反覆細讀皮柏這本書，越是感覺這實乃一本充滿真知灼見的智慧之書，他以言簡意賅的筆調點出我們早已忽略多時的生活道理：如何追求並擅用閒暇，同時如何培養簡單的哲學思索習慣。他簡單告訴我們怎樣在日常生活中藉由擁有閒暇，然後去體驗生命中的真實時刻，我們不必是哲學家，只要能掌握閒暇，即能感應人生的真理：不斷去體驗驚奇的感覺，然後懷抱希望，不停繼續摸索前進，直接走向哲學的至終本質：洞見和智慧。

——文化評論學者　劉森堯

〈導讀／T. S. Eliot〉

T. S. 艾略特：哲學的洞見和智慧

現代哲學之所以顯得怪異而令人費解，
其根源——也許我自己也並不清楚，
但我現在可以肯定我對當今哲學不滿的地方乃在於，
哲學和神學脫了節。

我們常聽人抱怨，這個時代的哲學再也看不到什麼深刻而值得鑽研的思想。我們不必去探討其中的理由，比如因哲學自身固有的缺陷，或是由於近時的才能之輩轉行研究其他領域學問，或是我們根本就不再有哲學家等等理由，這些理由看似錯綜複雜，並非三言兩語解釋得清楚。我們只問：「偉大的哲學家都哪裡去了？」——這是一個修辭學的問題，事實上也是任何鑽研哲學四十或五十年以上的人可能會問的問題。當然，不可否認，自我們年輕時代以來，長時間受人景仰的思想家事實上也不乏其人，只是和提問這個問題的人一樣，在現代哲學的發展上，似乎大家都不約而同走向視野偏狹的研究領域裡。因此，上述的抱怨並非無的放矢，也許我們只是渴望見到有某個哲學界人物，他的著作和言論或甚至他的個性能夠帶給我們精神上的激勵，但我們會更樂於見到的則是，出現一個新的哲學權威，他能夠眞正帶給我們有關哲學的洞見和智慧。

對喜歡哲學的人而言，在他們看來，晚近在哲學上最明顯的爭論，莫過於邏輯實證論（logischer Positivismus）。有許多人並不屬於提倡此一學派的小團體，也不具備相關方面的必要學養，他們並不認同這樣的哲學走向，因爲他們認爲這種哲學無法提供滋養心靈所需的養分。日後這股潮流過去之後，我們有機會回過頭去看時，會發現邏輯實證論就像當年在藝術上所流行的超現實主義：超現實主義除了帶給我們生活上和思想上某種新穎的模式之外，在藝術創作上實在毫無想像力可言。那麼，哲學上的邏輯實證論除了提供另一種新穎的哲學思考模式之外，有關哲學的洞見和智慧則一概摒除在外。對不成熟的精神或初入門的人而言，邏輯實證論的確發揮過其不容忽視的魅力和影響力。然而，我們若是以比較宏觀的角度看事情的話，我相信邏輯實證論在未來透過思想的洗禮和重新詮釋，我們不敢說它仍然一無可取，即使現在它明顯已經導入錯誤方向，但終究還是值得我們花費力氣去證明其本質是有缺陷的。我同時更相信（這點很重要，因爲這正是本文的主旨所在），哲學的此一病症由來已久，且是不容否認的事實，因爲其偏頗思想仍大行其道，但這絕不會是當今哲學該走的道路。

回想當年我自己還是一個學哲學的學生之時——距今至少三十五至四十年前，哲學在面對自然科學時已經開始展現其較爲次等的地位，我們覺得只有數學家才是最有資格從事研究心靈現象的哲學活動，每一位學生無不以數學家的姿態去接觸哲學，至少在我當時所就讀的大學，其現象大抵如此。他們模仿著名數學家的語彙如象徵的邏輯等去從事哲學研究（我記得有一位很用功的同學，他努力發展出一套稱之爲「象徵的倫理學」的理論，動用了一大堆連《數學原理》一書都找不到的象徵符號）。除此之外，他們還號稱已經精通當代的物理學和生物學，因爲人家認爲，探討哲學上的問題，要是懂得自然科學一定會佔很大優勢，至少比不懂的人更能得心應手，即使這些自然學科對哲學思考的助益極小亦然。我現在比較能夠理解，哲學家不能自絕於任何其他知識領域之外，一個理想的哲學家必須熟悉每一科學領域以及藝術派別和各種不同語言，甚至包括人類歷史，這種百科全書式的知識可以使哲學家免於視野的偏狹，另一方面也可免於過分耽溺於某一專門領域。然而，在我們這個時代裡，每一學問領域已經變得越來越專門和瑣碎，要掌握各個領域的學問似乎更形困難，因此當哲學家開始去依賴科學之時，他只要掌握其中一般性的知識即可。當然，我並不認爲我們有必要去推崇波桑魁（Berunard Bosanquet, 1848-1923，英國哲學家）的方式，他在邏輯方面的觀念大量取自林內氏植物分類法（Linnés Botanik），許多哲學家並不認同他的此一做法，卻又不敢忽視他的結論，也許我們應該準備好去接納一些科學家所下的結論，因爲他們確然已在從事哲學行動了。哲學的這種以科學家介入的做法不免帶來一個後果，那就是令人產生哲學在「進步」的幻覺，而這樣的進步卻又不是來自哲學本身，結果是，哲學家們不必具備哲學歷史的知識仍能大談哲學。可想見的是，我們對哲學的態度要是過於對自然科學著迷，那麼過去許多哲學觀念勢必被埋沒忽略，許多哲學家曾經發現的偉大眞理，以及他們作品中所闡述的許多眞知灼見，恐怕都要變得落伍而不合時宜。如此看來，今天的哲學勢必比過去的哲學進步偉大，同樣的，未來的哲學恐怕也一定比現在的哲學進步偉大。不能否認的是，哲學歷史在今天業已形成爲一個專業的特別領域，而且在這方面有所專精的人也大有人在，但我懷疑，熟悉哲學史上思想流派的人在今天很可能只被看成爲思想史學家，而不是哲學家。

現代哲學之所以顯得怪異而令人費解，其根源——也許我自己也並不清楚，但我現在可以肯定我對當今哲學不滿的地方乃在於，哲學和神學脫了節。我想強調，任何時代哲學一旦脫離神學而獨立存在，那麼哲學家的「自由思想」方式必定大受限制，也許我們應該趁此澄清哲學和神學間的必然關係，以及哲學中所應包含的宗教要素。

我在此無意深入探討這層關係，因爲尤瑟夫・皮柏在本書中已經解釋談論得非常清楚，我只是想把讀者帶到他的核心論點所在。皮柏是一位天主教哲學家，他的觀念主要來自柏拉圖、亞里斯多德和士林學派（或譯經院學派）的哲學，我們從他書中所述即可明白。但他的論點並非只是以天主教的立場爲中心，在他眼中看來，眞正的哲學絕不只是奠立在某一宗教派別或羅馬天主教的神學基礎上面，眞正的哲學之觸角應該更爲廣泛。令人覺得好奇的是，他竟會贊同沙特的無神論存在主義哲學，理由很簡單，因爲他認爲那裡頭也包含了值得研究的神學性格——畢竟無神論也還是神學的一支，其眞實性並不容抹煞。

我們必須尋找出哲學和神學之間正確關係的立足點，這是哲學家安身立命之處，而我認爲這正是皮柏立論的核心觀點。對任何受過教育而有思想的人而言，重新認識哲學原來的眞止面目，這似乎是很重要的一件事情，否則，我們只能把自己侷限在某種祕密科學的領域之中，過著扭曲而充滿惡意的錯誤生活。透過對哲學眞面目的理解和認識，繼而從其中得到哲學所能提供的最高水平：洞見和智慧。

因此，在皮柏眼中看來，哲學的固有本質就像是一種「長者的智慧」（Weisheit der Alten），他把哲學思索看成是和其他哲學家的思想交融，但是如此做要面臨兩個可能的偏差，第一，會有意無意淪入模仿自然科學的研究模式，以實驗的研究方法去探索哲學的多重可能，解決哲學的問題不像解決物理學的問題那麼單純，答案不會只有一個。第二，容易淪入一種浪漫式的狹隘思維方式，我稱之爲「一人哲學」（Ein-Mann-Philosophie），意思就是，一位哲學家以自己的個性所反映的世界觀，以及以他本身的氣質吸引住了他的信仰者。我並不小看最具影響力的「一人哲學」所展現的魅力和價值，比如斯賓諾莎的思想對人們的影響就很深遠，同樣的，黑格爾也是如此，我另外還要提到布拉德利（F. H. Bradley, 1846-1924，絕對唯心主義學派哲學家），他所寫的東西很具說服力，也一樣充滿了個人魅力。我要指出的是，這類思想家以一種激勵人們思考的方式傳達他們的觀念，繼而展現他們無與倫比的個人魅力，他們所寫的東西就像偉大的文學作品，不斷激盪著我們的心靈。

尤瑟夫・皮柏可以說正是具有此一風格的思想家，他所要傳達的觀念有時也許很困難，但他的文筆卻很清晰明朗，經常能夠把他的觀念恰如其分明白表達出來。我們在讀他這本書的時候，首先必須能夠遵循他的筆調所流露的強烈的西方思想傳統，他的思想泉源可謂淵遠而流長，他是一個重視西方神學傳統的哲學家，這可以從他的字裡行間看出來，但他和許多其他哲學家不同的地方則在於，他不會讓讀者產生疏離的感覺。

〈導讀〉

休閒與哲思——人生自我超越的契機

加拿大多倫多大學
中國思想與文化講座教授
沈清松

世間之所以有值得讀的文本，
其功能旨在引發我們進一步思想。
皮柏的文本自有一份不可抗拒的吸引力，
就像是一個竭誠的邀請，邀讀者進入一個深思的歷程，
啓發一個哲學思索的行動……

休閒、節慶、崇拜、生死……這些雖然是人類自始便關心的問題，而且也是中、西、印各哲學傳統一開始便加以探索的關鍵問題，不幸的是，在二十世紀上半葉由現代性所瀰漫著的理性主義學術活動，包括哲學、社會學、心理學

……等，皆不敢去碰觸這些問題。然而，這些令人著迷的問題，卻在皮柏（Josef Pieper）的生花妙筆之下一一出現，而且和關心這些問題的中世紀士林哲學、古希臘的哲學聯繫起來，和人的理性與理智的功能、工作與休閒、內在與超越、平白受恩與奮發努力、自由藝術與卑從藝術……等看似無關的哲學議題關聯了起來，並且如此具有說服力，如此具有文化教養，如此古典又如此後現代，讓我們讀來既有行雲流水之感，又有豁然解悟之嘆。皮柏可以說是二十世紀討論休閒、節慶、崇拜、生活、希望……等生活環節與情感面向的哲學意義的先趨。

這樣一位浸透在傳統古代與中世紀哲學，兼又深深體會現代人生活困境的哲學家，也曾有過不太平凡的一生。是的，一個註定要板著面孔討論問題的哲學家，似乎唯有經歷生活現實的試煉，才能放下一切，反璞歸眞，由難反易，深入淺出。皮柏在一九〇四年出生在萊茵河畔的埃爾特（Elte）城，大學期間在柏林讀哲學和法律，已經顯示出對於橫跨古典哲學和現實生活的關心。在苦心從事研究的博士生期間，他所致力的是以新穎的眼光重讀中世紀哲學的故紙堆。

一九二八年，他以一篇研究聖多瑪斯倫理學的論文獲得博士學位。該論文後來以《眞實與善》（*Die Wircklichkeit und das Gute*）爲書名出版。他在三十年代所撰寫的政治學、社會學方面的著作，像《社會遊戲規則的基本形式》（*Die Grundformen sozialer Spielregeln*）、《社會秩序論題》（*Thesen zur Gesellschaftsordnung*）……等書，曾被希特勒政權所禁止。其後，他一度在軍中擔任過心理輔導工作。退伍後，政治現實的夢魘迫使他轉回多瑪斯哲學研究，從此專注於研究古典與中世紀哲學，將其中實在論傾向的存有論，結合與實際生活相關的實踐哲學關懷，試圖建構出一套基督徒的人學。

基本上，皮柏的哲學思想不斷地從古希臘哲學，尤其柏拉圖和亞里斯多德的著作，和中世紀哲學，尤其是多瑪斯的著作，所形成的永恆哲學傳統中汲取資源。在教書生涯方面，他曾任埃森（Essen）師範大學教授，其後又轉任敏斯特（Münster）大學教授（1946-1972）。在哲學思想上，皮柏並不屬於任何特定的學派。身爲多瑪斯哲學的研究者，他的思想很受到當時的德國哲學家瓜迪尼（R. Guardini）、克呂格（G.Krüger）……等人的影響，反對對多瑪斯哲學作任何因果主義、理性主義式的詮釋，例如，多瑪斯有名的五路證明（Quique Viae）中對於天主存在的證明，透過世上的運動現象最後需要有一不再被推動的主動者、萬物需要一最終原因做爲第一因、一切偶然物的存在需要有一必然存在者做爲最後原因，這些都是屬於因果關係的論證。皮柏不贊成將注意力集中在這類因果主義、理性主義的思想上，認爲這些正是使多瑪斯哲學衰微的原因。

相反的，皮柏很早就注意到多瑪斯思想中具創造性的實踐哲學方面，例如多瑪斯的德行論倫理學，早在安思孔（G. E. M. Anscombe）、麥金太（A. McIntyre）等人之前，他就注意到了德行論倫理學的重要性。皮柏研究德行論的形上學基礎，他認爲一切道德義務都是立基於存有之上，任何人若想認識善，都需先將注意力集中在實在本身。換言之，人不應當自我封閉，卻須將注意力先轉離自己的行爲之外，轉出自我意識與意向之上，先去默觀實在本身。人必須在一切個別價值之上，先行默觀存有本身，因爲人先須認識實在本身，才會知道好壞，分辨善惡，並因而導出個別具體的價值。

皮柏認爲，如果倫理道德是關涉到所有人的整體人格，那麼有關實踐的哲學論述就應該用一種人人可懂的語言來予以陳述。對他而言，唯一的理論語言便是日常語言，就如同柏拉圖、亞里斯多德、紐曼樞機……等人早就了解到的那樣；也因此，在寫作的策略上，他運用一種非常清晰的語調和迷人的寫作風格，來重新寫作古希臘和中世紀大哲的思想，和他本人對於日常生活意義的哲思。在他看來，日常語言絲毫不會犧牲人的哲學思想的本質，對日常語言的巧妙運用，這正是他寫作的祕訣，使得皮柏成爲最受閱讀的哲學家之一，他也藉此向世人證明了哲學在現代社會中的重要功能。柏拉圖的哲學是以對話的形式撰寫的，柏拉圖的辯證法便是對話的藝術；至於多瑪斯的哲學最重要的形式，便是與其他哲學家與哲學立場相互問答（*quaestio*），其眞正意義也在於對話。也因此，在皮柏看來，這兩位人哲在思想的趣味與作品的結構上，就可以因著對話而成爲是互補的。而他自己則進一步將他們所啓發的哲思，取來與現實生活中人的實踐歷程對話。

皮柏認爲實踐哲學應是一切人都可以明白的論述，而行爲與品行的美德也應是每一個人都可以達至的成就。休閒、節慶、崇拜、生活……等等都是人人可以參加，可在其中接受恩寵、進行默觀、達致自我超越的契機。這一點，讓我們在校訂譯稿時特別注意到一些語詞的翻譯。例如，皮柏甚爲同意紐曼樞機所主張的「君子」的教育和「君子」的品德。就其人人可及而言，gentleman 一詞在此必須譯爲「君子」，而不是「紳士」。因爲「君子」是人人可以做到的，然而並不是每一個人都可以成爲紳士。「君子」可以視爲一種道德修養的成就，但「紳士」卻總無法避免中、高級社會階層的意味。此外，值得注意的是，皮柏是一位天主教徒，他在書中所提的基督教，主要是天主教。也因此，對於他所提到的 Christianity 一詞，我們須了解其所指的特別是天主教，不過，大部分的時候，也可譯爲「基督宗教」，用以代表天主教、基督教、聖公會、東正教……等以基督信仰爲中心的宗教。

對於皮柏而言，人可以說是擁有身體的天使，換言之，做爲一受造的精神，人的體質有限，然其意向無窮。受造的精神不可能自我封限在實在界之中，但也不可能完整認識萬物的本質，然而這並不能阻止世人繼續提出哲學理論。哲學的所作所爲，是在進行一種因著驚奇而來的超然的默觀活動。驚奇與超越是人之所以爲人的重要成分，這在詩的創作，在節慶之中，在默觀之時，在休閒之中，……都可以表現出來，而這也是人可以與工具理性、技術效率、工作至上的生活相抗衡的希望所寄。人，即便只在對世界進行聽、看、碰觸……等感性活動，其心靈總會進而邁向對於世界整體的把握；人的存在歷程也會一再引發不斷驚奇、不斷開放的提問與超越。人生的希望所寄，是體悟存有本身意義的揭露。哲學必須在神學和科學之間航行，與他們之間保有十分密切但又有別的關係。經由生活中的默觀作用，領悟實在本身慷慨的餽贈，乃至形成德行，最終得享至福的凝視，在遊戲中融入眞實，正是人生的希望所寄。

以上我們提供給讀者有關本書作者皮柏的思想背景和主要立場的簡介，藉此各位讀者很容易將本書的思想予以定位。一篇好的導讀不應該代替讀者的閱讀，所以，我也不打算在此重述皮柏在本書中用極淺近易讀的筆調所寫出的哲思內容。我們在此導讀結尾所能做的，便是邀請各位讀者用心讀他。世間之所以有值得讀的文本，其功能旨在引發我們進一步思想。皮柏的文本自有一份不可抗拒的吸引力，就像是一個竭誠的邀請，邀讀者進入一個深思的歷程，啓發一個哲學思索的行動，讓哲學觀念在一再變遷的生活現實之流中不斷湧現，使現實生活本身成爲永恆觀念的遊戲之場。

二〇〇三年十一月序於指南山麓

〈譯序〉

哲學的樂趣——一本充滿真知灼見的智慧之書

文化評論學者 劉森堯

哲學的門外漢向來視閱讀哲學爲畏途，總覺得許多哲學觀念老是充滿讓人摸不著邊際的高深學問，不是哲學家天馬行空式的冗長喃喃自語，就是大談跟我們實際生活扯不上關聯的抽象道理，事實果眞如此嗎？的確，依T. S. 艾略特（T. S. Eliot）的看法，他認爲西方哲學自康德以來的兩百年歷史，在邏輯實證主義和自然科學的影響之下，已然走向偏鋒而脫離了西方自古希臘時代以來的哲學傳統——揭示有關人生之洞見和智慧的偉大傳統。

誠然，對大多數人而言，讀哲學的至大樂趣無非正是期盼能夠從哲學家那裡領略到有關生命現象的洞見和智慧，哲學家的眞正天職不是在從事抽象的事理思維，也不是在演繹邏輯推理，當然更不是在搞語言的結構分析，哲學家必須和文學家一樣，在於爲我們詮釋有關人類存在現象的偉大眞理，在於指示我們思想上的迷津並點出我們生活行爲上的盲點，繼而緩和我們存在的痛苦，人生是痛苦的，難道不是嗎？當然，有許多時候他們甚至還要帶給我們有關生存現象的「驚奇」感覺，然後引領我們步上發現人生眞理的「驚奇」之旅，從而感受到如吳爾芙女士在《達洛威夫人》一書中的驚呼：「啊，活著眞有意思！」因此，哲學家應該帶給我們喜悅和沉靜，而不是絕望和困惑，這層道理，簡單講，就是洞見和智慧。

二十世紀德國著名的天主教哲學家尤瑟夫・皮柏（Josef Pieper）正是一位這樣的哲學家，而他寫於一九四七年的《閒暇：文化的基礎》一書所帶給我們的正是上述那種充滿洞見和智慧的感覺。誠然，就二十世紀的西方哲學而言，這本書比不上柏格森（Henri Bergson, 1859-1941）的《創造進化論》或海德格（Martin Heidegger, 1889-1976）的《存有與時間》那般有偉大的創見發明，但這本書的至大特點不在於創見發明，而在於指陳歷史上曾經盛行但如今卻爲人所忽略的哲學事實：閒暇的觀念。皮柏不厭其詳從希臘時代的柏拉圖和亞里斯多德以至中世紀的多瑪斯等人身上舉證說明閒暇曾經是古代人最爲珍貴的哲學概念，更是高貴文化的根源和基礎，可惜今天這種觀念卻不知不覺被工作至上的觀念消蝕殆盡了。工作至上讓我們的生存世界淪爲更庸俗空洞，因爲我們忙碌得沒有閒暇去思考人生的一些嚴肅問題，同時也變得不愛去反省自己是如何活在這個世上：人活著除了忙碌工作之外，意義在哪裡呢？放眼望去，這似乎已變成爲一個麻木而缺乏深度和感情的世界了。電影《駭客任務完結篇》片中有一位角色說，存在並不具意義，意義是人杜撰出來的。不錯，我們正是想利用「閒暇」來創造人生的意義。

那麼，什麼是閒暇呢？依皮柏的看法，閒暇是一種尋常的人生哲學，是一種生活的觀念，但閒暇不是休閒，也不是玩樂，當然更不是懶惰的代名詞。傳統根深柢固的勤勉觀念告訴我們，工作是神聖的，是人賴以安身立命的必要生存手段，人類的文明乃是藉由大多數人的共同努力工作所造就出來，只是我們不應該忽略的是，人的存在並非僅是爲了工作，工作只是手段，閒暇才是目的，有了閒暇，我們才能夠完成更高層次的人生理想，也才能夠創造更豐富完美的文化果實，因此，閒暇乃是文化的基礎。

皮柏這本書事實上乃由兩篇在觀念上互有關聯的論文所組成，第一篇的德文版原來篇名叫做〈閒暇與崇拜〉（Musse und Kult），第二篇叫做〈何謂哲思〉（Was heißt Philosophieren）。前者主要在於闡明西方哲學歷史上有關閒暇觀念的重要事實，並在最後特別指出閒暇的眞正源頭則是古代人的節慶崇拜活動，但這類活動的眞正精神和意義卻爲今人所忽略了。後者主要在於詮釋哲學行動正是由於閒暇的適當利用所促成，因爲閒暇的中心主旨是在於追求沉靜的生活，哲學思想正是由此而來，皮柏趁此更進一步指出，哲學來自最早年代神學的薰陶，神學爲哲學提供思想的養分。

皮柏在談到閒暇的觀念時，有些論調頗能發人深省，比如他認爲人對世界的認知並非如康德所言，由推論工作而來……而只是簡單由「知性觀照」去獲得，這無疑打破了兩百年來康德和黑格爾有關認識論的看法，康德即如此說過：「理解力並不能用眼睛去觀看出什麼。」他因此認爲，人的認知乃是一種活動，亦即一種努力工作形式的表現，此外什麼都不是，他批判浪漫主義注重視覺和直觀的哲學不能叫做眞正的哲學，理由乃因爲這種哲學不是「工作」。但皮柏和古希臘時代哲學家如柏拉圖和亞里斯多德，或甚至中世紀一些偉大思想家如多瑪斯，他們的看法並不是這樣，他們都一致認爲：不管是感官的感覺或是知性的認知，都一樣具有一種感受性很強的「觀看」能力，也都一樣具有「傾聽」事物之本質的能力。而適巧觀看和傾聽正是擁有閒暇的最大兩個特質，我們追求閒暇並不是爲了休閒和娛樂，也不是什麼都不做，我們要處在「沉靜」狀態中去觀看和傾聽這個世界。

中世紀的思想家把人的智力（亦即認知能力）區分爲兩種，一種叫做理性（ratio），另一種叫做理智（intellectus）。理性其特點是擅於推論思考和抽象思辨，而理智則擅長於表現「簡單觀看」的能力，前者必須賣力「工作」才能達到，後者只要擁有「閒暇」即可。對後者而言，眞理就好比風景一般，展現在其眼前，一覽無遺。人類心靈的認知能力，依古代人的理解，的確是包含了理性和理智，一切認知活動都離不開此二者。我們可以這麼說，在推論思考的過程中，由理智的炯炯目光一路緊緊跟隨並穿透，以至完成認知的活動，而這種直觀基本上不是主動，是被動的，但同時卻又充滿敏銳的感受能力，這正是我們的心靈活躍而具有接受能力的主要特性，我們追求閒暇的至終目標就是期待能夠把這樣的能力發揮到淋漓盡致的地步，藉以拓寬我們的觀物眼界，然後豐富我們的生活內涵。

皮柏在談到有關哲學的基本概念時，他首先提出「自由的藝術」（artes liberales）和「卑從的藝術」（artes serviles）這兩組對立的有關人類知識的看法。多瑪斯在其《亞里斯多德形上學評註》一書中曾針對這個問題加以釐清說明：「凡是爲知識之認知目的而提出的藝術皆稱之爲自由的藝術，如是經由行動爲功利目的而提出的藝術則稱之爲卑從的藝術。」因此，自由的藝術是一種意義隱藏不露的人類活動方式，卑從的藝術則是一種含有目的的人類活動方式，其目的必須是經由實際運作之後產生了有用的效果而達到。自由的藝術之所以稱之爲「自由」，主要還是因爲其中並不牽涉目的的要素，它並不爲社會功能或是「工作」的制約而存在，因此是自由的。我們今天說哲學是一種自由的藝術，實乃因爲哲學的思索活動並不包含任何功利性質，因此在一個一切以效益爲依歸的工作至上世界裡，哲學是無用的，自由探尋的觀念並不存在，但就了解存在意義之探尋活動而言，沒有一樣學科比哲學更有用了，因爲哲學直指一切事物的本質和核心。

古代人認爲，在人類的活動領域中，「無用的」形式肯定是存在的，所謂自由的藝術也是有的。世界不僅存在著有功能作用的科學，同時也存在有一種所謂的「君子的知識」，牛津學者紐曼（John Henry Newman, 1801-1890）在《一個大學的理念》（*The Idea of a University*）書中曾如此稱呼「自由的藝術」，他把這個古代術語巧妙翻譯成現代人的說法，他稱之爲「君子的知識」，指的當然就是哲學了。我們應該注意的是，任何東西不能因爲無法被歸納爲「有用」，即認定這個東西就是無用的，許多表面上看來無用的思想，實質上卻是最有用的，許多人類歷史上的文明躍進，經常都是由表面無用的思想在暗中推動進行的，我們不得不強調，閒暇恰恰正是醞釀這些「無用」思想的最大溫床，缺乏閒暇，人類永遠會是工作的奴隸，被束縛於狹隘的世界之中而脫身不得，沒有閒暇，人就不可能有思想活動，文化就無從產生，多瑪斯在《名言集錦評註》一書中有一句話說得眞好：「為了人類社會能夠變得更和諧完美，我們當中需要有些人去過無用的沉思默想的生活。」

皮柏在本書第二篇論文〈何謂哲思〉中提出兩個精采而發人深省的命題，我認為值得在此特別一提，第一個，人的世界是一個什麼樣的世界？第二個，哲學思索是什麼意思？關於第一個命題，人的世界是一個整體性的現實世界，人生活於其中，和存在事物之總體面對面，亦即和宇宙面對面互相照看——但條件是，人必須具有精神性！然而，人正因為具有精神性而不得不時時面對精神的困頓，因此大多時候必須「很艱難困苦地生活著」，人由於生命裡的迫切需要，比如工作，因而為自己塑造了一個狹隘的世界，把自己侷限在裡頭，可是人的精神本質卻是：去追求認知自己屋頂之外的事物，去跨越常規所設限的可靠範圍和日常生活習以為常的一般存在事物，簡單講，去超越自身狹隘「環境」以進入另一個廣闊的「世界」。

「哲學思索是什麼意思」的命題可以說和上一個命題息息相關，因為哲學思索的意思是：去經驗由日常生活之迫切需要所形成的環境被加以撼動起來，被如何撼動呢？被外在「世界」，或者說被反映事物之永恆本質的總體世界之頻頻召喚所撼動，我們去經歷這個撼動，此即哲學思索的意義所在。簡言之，哲學思索就是步出工作世界，然後去和宇宙面對面互相照看，把視野導向世界之總體性。但我們必須注意的是，當我們在超越日常的工作世界之時，沒有必要把頭轉向另一個方向，沒有必要把眼睛從工作世界的事務上面移開——換句話說，沒有必要脫離工作世界中具體而帶功利性質的一切事務——我們沒必要爲了掌握宇宙世界的本質而把眼睛望向別的地方。因此，哲學性的問題，亦即我們在從事哲學行動探索問題時，根本上還是導向擺在我們眼前的日常生活世界，只是我們看事情的姿態和角度這時變得尖銳了起來，擺在我們面前的世界這時也跟著頓時變得「透明」了起來，在這樣的世界裡，一切事物因而顯得含有一種奇怪的、不熟悉的、不確定且更爲深邃的外貌。

總之，去從事哲學思索的意思就是，並非把自己從日常生活世界的事物裡抽離出來，而是重新以不同眼光去看大家習以爲常的事物及其所代表的意義和價值，但這樣做的意思並不是說，我們要以標新立異姿態去想別人所想的，主要還是爲了以嶄新視野去看事情。實際情況是這樣：在日常生活裡，一般事物並非處於一種特殊本質的狀態之中，我們不會看出其中之深刻的眞實面貌和意義，因此，我們在日常生活經驗中對所遭遇的事物所引發的注意力，經常總是導向其中不顯眼的部分——唯有深入其內在之經驗，這才是哲學的開始：驚奇的經驗。

多瑪斯說得好：哲學家就和詩人一樣，都在創造「奇奧」。這裡所謂的奇奧，指的就是令人「驚奇」的經驗。一個爲狹隘工作世界所束縛的人（皮柏稱之爲「布爾喬亞」），他只懂得以既堅固又緊密姿態附著於他所生存的「環境」（由當下生活目標所設限的世界），他把這樣的行爲當做一種終極價值看待（比如賺錢和累積財富），他看不到一個更寬廣更具價值的本質世界，他這時根本再也感受不到「驚奇」，心靈不得不變得平凡庸俗，甚至麻木不仁，他會把一切事物看成「不言而自明」，因爲他已無法正常運作他的感覺，他再也體嘗不到「驚奇」的經驗。從另一方面看，一個能夠感受驚奇經驗的人，他則是感受到了這個世界更爲深層的一面，在這樣的時刻裡，他凝視著這個世界令人驚奇的意象，繼而感受到了事物存在之本質的奇妙事實。簡而言之，我們可以這麼說，在平凡和尋常的世界中去尋找不平凡和不尋常，亦即尋找驚奇，此乃哲學之開端。

歌德在和艾克曼的對話錄中說過這樣一句話：人類所能想望的最高境界乃是驚奇。那麼，什麼是驚奇呢？多瑪斯在《神學大全》一書中把驚奇定義爲「對知識的渴望」，換句話說，也就是一種渴求認知的積極態度。人的精神性由於渴望超越，遂衍生「不理解」和「不棄絕」的困頓現象，但恰恰又是由於有此困頓現象才會有能力去體驗驚奇，進而體驗喜悅，驚奇和喜悅是並行不悖的，凡是有精神之喜悅的地方，驚奇亦必隨之而至，反之亦然，凡能感受驚奇者，必亦能感受喜悅。當驚奇帶來喜悅時，這時人的靈魂就會跟著騷動起來，開始準備去經驗新的、聞所未聞的事物。另一方面，當我們眞正感受到驚奇時，必然會感到有所失落，因爲以前在我們眼中一目瞭然的事物這時喪失了具體感和確定性，其終極價值自然而然也跟著消失了，但驚奇的感覺卻會同時挑起我們對這個世界更深刻和更寬廣的視野，大大超越了我們平常看事情的角度。驚奇的內在世界充滿神祕，其所主導之方向絕不在於挑起懷疑，而在於認識存在事物之不可思議和其神祕面紗：存在事物本身即是一種神祕，說明著現實世界的不可理喻，其所投射光芒是不可理喻和永不熄滅的，同時也是沒有止盡的，而這正是存在事物令我們感到驚奇的地方。

越是反覆細讀皮柏這本書，越是感覺這實乃一本充滿眞知灼見的智慧之書，他以言簡意賅的筆調點出我們早已忽略多時的生活道理：如何追求並擅用閒暇，同時如何培養簡單的哲學思索習慣。他簡單告訴我們怎樣在日常生活中藉由擁有閒暇，然後去體驗生命中的眞實時刻，我們不必是哲學家，只要能掌握閒暇，即能感應人生的眞理：不斷去體驗驚奇的感覺，然後懷抱希望，不停繼續摸索前進，直接走向哲學的至終本質：洞見和智慧。

二〇〇三年秋末　逢甲大學外文系

1

Leisure: The Basis of Culture

Josef Pieper

閒暇與崇拜

Musse und Kult

許多偉大真知灼見的獲得，
往往正是處在閒暇之時。
在我們的靈魂靜靜開放的此時此刻，
就在這短暫的片刻之中，
我們掌握到了理解「整個世界及其最深邃之本質」的契機。

眾神為了憐憫人類——天生勞碌的種族，
就賜給他們許多反覆不斷的節慶活動，藉此
消除他們的疲勞；眾神賜給他們繆思，
以阿波羅和戴奧尼修斯為繆思的主人，
以便他們在眾神陪伴下恢復元氣，
因此能夠回復到人類原本的樣子。

——柏拉圖

I

首先，我們要和中世紀的士林哲學家（或譯經院學派）一樣，以一句反對的話開始：「這看來不然……」（*videtur quod non*）我們的反對如下：以目前處境而言（比如第二次世界大戰剛結束不久的當前德國處境），要談論「閒暇」這個主題，似乎並不合時宜。我們現在正忙著重建家園，已經忙得無法分身，我們除了努力把重建的工作做好之外，是否不應該分心去想別的事情？

這可不是一個簡單的反對意見，我們會好好回答這個問題。首先必須了解的是，我們在這個時候努力「重建自己的家園」，意思指的除了尋求安頓往後生活之所在外，同時也應該重新找回我們在道德和智識等方面的祖先遺產。然而，在提出確切可行的詳細計劃之前，一開頭我們即要想到……先爲閒暇好好辯護一番。

在構成西方文化的諸多基礎中，閒暇無疑是其中之一（如果說我們的家園重建工作是奠立在所謂「西方精神」上面，此說應無疑義，因爲除了此一方式之外，不知道還會有什麼別的方式），在亞里斯多德的《形上學》（*Metaphysik*）第一章，即可讀到相關的說明。「閒暇」（Musse，譯按：亦即英文的leisure）這個字眼的含意，在歷史上的發展始終傳達著相同的訊息，在希臘文裡原來叫做σχολή，拉丁文叫做 *scola*，在德文中我們最早叫做 Schule，其意思指的就是「學習和教育的場所」；在古代，稱這種場所爲「閒暇」，而不是如我們今天所說的「學校」。

然而，「閒暇」這種觀念的原始意義，早已被今天「工作至上」的無閒暇文化所遺忘，如果我們現在想進一步眞正了解閒暇的觀念，那麼我們勢必要面對因過分強調「工作世界」所產生的矛盾。

「人活著並不只是爲了工作，但是人卻必須爲自己的工作而活。」麥斯・韋伯（Max Weber）引述別人意見所說的這句話①，每個人都能順理成章的加以理解，而且這句話也合乎當下一般人的看法，我們因而難以察覺出，此種論調根本上是本末倒置的。

另外有一種論調：「我們工作是爲了得到閒暇。」對此我們的看法又如何呢？這種論調是否才是眞正本末倒置呢？它對「工作至上」的人而言是否違背了道德原則？而且，是否也抵觸了人類社會的基本原則？

其實，這個論調並非我個人憑空所創造杜撰，這是亞里斯多德說的。這句話出自像亞里斯多德這樣一位冷靜客觀、勤勉用功的現實主義者口中，其意義就非比尋常了。如果我們依照字面上的意思去翻譯這句話，其眞正意思應該是：「我們閒不下來，目的就是爲了能悠閒。」②對古希臘人而言，「閒不下來」的意思指的就是每天勞碌繁忙的工作，這不僅指工作的忙碌狀況，同時也指工作本身。希臘文以「閒不下來」（ἀ-σχολία）的否定型態來表示工作的意思，拉丁文 *neg-otium* 指的也是相同意思。

而且，我們會發現，有關上述閒暇的論調，在亞里斯多德的其他論著中也可以看到，在《政治學》（*Politik*）一書中他就這樣說過：一切事物都是圍繞著一個樞紐在旋轉，這個樞紐就是閒暇③。這樣的論調無疑更進一步顯示出，閒暇的觀念基本上並不是什麼特別了不起的觀念，這不過是一種明白淺顯的道理而已。古代希臘人很可能無法理解我們「爲工作而工作」的人生格言，這是否也說明了，我們今天根本就已經失去了了解閒暇原始意思的管道。

※

當然，我知道有人曾提出這樣的反對說法：我們今天有必要用嚴肅態度去看待亞里斯多德所說的話嗎？誠然，要我們去尊敬古代偉大的作家們是一回事，但是要不要去接受他們的觀念，這恐怕又會是另一回事了。

關於這點，我要趁此指出一項事實：早期基督教義中有關「默觀生活」（vita contemplativa）的思想，正是從亞里斯多德的閒暇觀念得到啓發而建立起來。而且，我要更進一步指出，所謂「自由的藝術」（artes liberales）和「卑從的藝術」（artes serviles）此兩者之間的區別，一樣也是導因於此。有人可能會問：這種區別藝術的事情不是屬於對此一問題有興趣的歷史學家的工作嗎？事實不然，這之間有一部分的區別工作還是落實到我們的日常生活當中，特別是當「卑從的工作」此一問題出現之時，這類工作活動在神聖節日中，如禮拜日或其他宗教節日等，一概被視爲不合時宜。然而，有多少人能了解「卑從的工作」這種觀念，要是不把它拿來和「自由的藝術」觀念互相對比，我們是不可能領會的。此外，所謂「自由的藝術」指的又是什麼意思？這個問題似乎仍有待釐清。

上面的例子已經足以說明亞里斯多德所說的話，對我們的時代而言，畢竟還是具有相當程度的意義，不過這依然不足以說服人們完全去遵循他的觀念。

我們會這麼說的眞正理由，主要是爲了指出，現代人在工作和閒暇這兩者的價値觀比起古代和中世紀時代，是多麼的不同，以致於我們根本無法了解古代和中世紀時代人心中所了解的「我們閒不下來，乃是爲了能悠閒。」這句話。

❊

由於我們和前人之間有著上述觀念上的差異，加上我們對「閒暇」此一觀念之原始意義的隔閡，因而當我們意識到「工作」此一對立概念漫無止境的入侵並主宰著人類生存及活動領域之時，我們對上述的兩層事實只有感到更加的疑惑，同時令我們感到疑惑的是，我們會毫不遲疑對正在「工作」的人給予高度肯定。

在緊接下來的討論之中，我們在使用「工作者」（Arbeiter）這個字眼時，指的並非社會學或統計學慣於指稱的特別職業上的意思，比如「無產階級工人」之類的稱謂等等，當然這種區別有時免不了會有些曖昧的。我們要從人類學的觀點來界定「工作者」的意思，亦即視之爲一般性的人類理想，因斯特・尼吉斯（Ernst Niekisch）即是從這個觀點把「工作者」看成是「帝國的意象」（imperialen Figur）④。此外，小說家因斯特・恩格（Ernst Jünger）也爲這種類型的「工作者」勾勒美滿形象，已然成爲未來世界人類的典型⑤。

由於我們對關於人的概念不斷在改變，對於人存在方式的詮釋也一樣不停在更動，因而我們對「工作」和「工作者」這兩個觀念也跟著不時會產生新的不同看法。可是這種觀念之改變的歷史性發展卻很難加以掌握，要了解其中演進之細節更是不可能。如果說我們在這方面的觀念上想要有什麼新的創見發明，勢必不能從透過重建歷史的論述去著手，我們應該從哲學和神學對人的探究中去深入挖掘其中的根本，如此做才是正確的方法。

註釋

①麥斯・韋伯（Max Weber）：《新教倫理與資本主義精神》（*Die protestantische Ethik und den Geist des Kapitalismus*, Tübingen, 1934），p.171。韋伯在此引述Grafen Zinzendorf的話。

②亞里斯多德（Aristoteles）：《尼可馬古倫理學》（*Nikomachische Ethik*）X, 7〔1177b〕。

③亞里斯多德（Aristoteles）：《政治學》（*Politik*）Ⅶ, 3〔1337b〕。

④因斯特・尼吉斯（Ernst Niekisch）：《第三帝國的意象》（*Die dritte imperiale Figur*, Berlin, 1935）。

⑤因斯特・恩格（Ernst Jünger）：《工作者》（*Der Arbeiter*, Hamburg, 1932）。

Ⅱ

「心智工作」（geistige Arbeit）和「心智工作者」（Geistesarbeiter）——這兩個術語所代表的現象可以說正是我們近時所走過歷史道路的寫照，並且以其極端形式將我們帶向有關工作觀念的現代理想。

到目前爲止，在必須以自己雙手從事勞動的人眼中看來，從事心智工作者的世界無疑像是天堂，在那裡頭大家都不用工作，在這個擁有特權的世界中，在其核心裡頭，特別存在著一種哲學教養的領域，這種領域，對於工作的世界而言，毋寧是非常的遙不可及。

然而，如今的情勢卻已完全改觀，工作至上的觀念全然取代了知性活動的範圍，這中間所取代的還包括了哲學教養，這種現象可以說是「工作者」的「帝國意象」一系列征服活動的首要步驟。「心智工作」和「心智工作者」這兩個概念及其所涵蓋的潛在力量，這時候就襯托出上述征服活動是如何的清晰明瞭，同時又是多麼的充滿挑戰性。

在我們所經歷的最後一段路程中，整段歷史過程的意義，已在這一語詞中昭然若揭，這包括了其中所包含的準確性及其不足之處。因此，要是我們能夠對「心智工作」這個觀念進行內部結構的詮釋分析，那麼我們就可以全然掌握「工作至上」的眞實意義了。

❄

「心智工作」的觀念有其繁複的歷史淵源，我們不妨趁此稍加解釋說明。首先，這牽涉到有關人的認知過程之解說。

當我們的眼睛看到一朵玫瑰花時，這時候，發生什麼情況了呢？我們對此會產生什麼樣的反應？我們的心靈會針對玫瑰花的顏色和形狀等等立即塑造出一種印象，當然，不用說我們必須保持清醒和靈敏狀態。然而，我們看玫瑰花的動作可能只是出於一種不經意的意圖，志不在觀察或研究這朵玫瑰花的其他細節。觀察必須是一種聚精匯神的行爲，也如同因斯特・恩格所說，這是一種

「侵犯性的行爲」①。如果單只是爲了看看或瞧瞧，我們只要張開眼睛，隨便看一下呈現在我們眼前的東西，基本上並不須要費什麼神即可達到目的。

當然，如果我們只是談論感覺的反應，那麼上述的現象顯然就沒什麼好爭論的餘地，因爲這種道理很容易明白。

※

可是，如果我們談的是有關知性的認知行爲呢？這會是另外一回事了。當人類認爲有某些東西並不能用感官去認知時，那麼，單單只是用眼睛去看，這樣的行爲能產生什麼意義？或者，我們不妨使用學院派所使用的術語這樣問：「知性觀照」（intellektuelle Anschauung）這種東西存在嗎？

要回答這個問題，古代和中世紀的哲學家，他們的答案會是肯定的，現在哲學家們的答案則會是否定的。

以康德爲例，他認爲人的知性認知行爲是全然「推論的」（diskursiv），意思就是：並不是用眼睛看。他說：「理解力並不能用眼睛去觀看什麼。」②有人把這句話看成是「康德有關認識論觀念最重要的註腳」③。在康德看來，人類的認知現象主要奠立在研究、連貫、結合、比較、辨別、抽象化、推論及證明等行動上面——所有這些行動皆透過活潑的心靈運作去完成。因此他也同時認爲，認知（人類知性的認知）乃是一種活動，此外什麼都不是。

❄

從這個觀點看來，康德會下結論，認爲所有的認知活動，當然也包括哲學（因爲哲學距離感官知覺的層次最遠），皆是一種工作形式的展現，想來一點都不會讓人覺得奇怪。

康德對上述論點曾詳細說明過，比如他在一七九六年就曾寫過一篇文章駁斥雅可比（Jacobi）、席洛塞（Schlosser）及史多伯格（Stolberg）等人浪漫風格的「視覺」和「直觀」的哲學，並藉此進一步說明他在這方面的看法④。在哲學上，他向來重視「依循理性的原則，人只有通過工作才能擁有財產」這種論調。他批判浪漫主義的哲學不能叫做眞正的哲學，理由乃因爲這種哲學不是「工作」。

他的這種批判甚至還指向柏拉圖，這位「對哲學的高度熱情之父」。康德對亞里斯多德的看法反而較爲認同，他會說「亞里斯多德的哲學才是眞正的工作」。從這個角度看，由於爲了大幅提昇「工作的哲學」此一觀念，那麼近時一些「發出意氣高昂聲音的哲學」便被評判爲錯誤的哲學，在這種哲學之中，「人們並不工作，只是滿足於傾聽自己內在的聲音，以爲如此即可獲得哲學的全部智慧」，依他們看來，像這種「假哲學」總是認爲自己遠遠超越那些認眞工作的眞正哲學家。

古代哲學對這個問題的看法並不是這樣，古代哲學家從未想到要用任何巧妙方法來證明哲學是一種悠閒的東西。不僅是一般希臘哲學家，無論是亞里斯多德或柏拉圖，甚至中世紀時代一些偉大的思想家，都一致認爲：不管是感官的感覺或是知性的認知，一樣具有一種感受性很強的「觀看」能力，或是如赫拉克里特（Heraklit）所說的「傾聽事物之本質的能力」⑤。

中世紀時代把人的智力區分爲兩種，一種叫做理性（*ratio*），另一種叫做理智（*intellectus*）。理性是一種推論思考的能力，是搜尋和研究、抽象思辨、準確表達及下結論的能力；而理智則是「簡單觀看」（*simplex intuitus*）的能力，眞理就好比風景一般，展現在其眼睛面前，一覽無遺。人類心靈的認知能力，依古代人的理解，的確是包含了理性和理智這兩種二合一的智力，一切認知活動都離不開此二者。我們可以這麼說，推論思考的過程由無須費力的直觀伴隨並穿透，以至完成認知的活動，這種直觀基本上不是主動，而是被動的，或更好說是接受性的，這正是我們心靈中活躍的接受能力。

❄

我們在此還要再補充一點：古代人同時還把人主動積極的理性推論思考行爲看成是人類認知活動中一種本質屬人的要素，有別於純屬於人的理性，理智則超越了人自身的界限之外，當然，這一「超人」的力量畢竟也是人類本有的能力，至於那「本質屬人的要素」則不能窮盡人的認知能力，這是因爲人的本質就是去超越人的範圍之上，進入天使的行列，亦即純粹精神之知的領域。

「雖然人的認知行爲確實是在理性的範圍之內進行，但是仍然分享了屬較高本性的純樸之知，我們因而可以肯定，人類基本上乃具有一種知性直觀的力量。」⑥這段話出自多瑪斯・阿奎那（Thomas Aquinas）所著《眞理問題論辯》（*Quaestiones disputatae de veritate*）一書，從這幾句話看來，我們似乎可以了解到，人的認知行爲實際上也分享了天使們所喜愛的、非推論性質的觀看方式，天使們具有特殊的觀看能力，他們能輕易藉此能力吸納一切知性的東西，好比我們的眼睛吸納光線和耳朵接納聲音一樣那麼自然。人的認知現象中包含有一種非主動性的且是純然由觀看去領受的要素，這種要素並非依賴於我們人性本身而存在，事實上，它是超越人性之上而存在的，同時也是人性的至高完成形式，究其眞正本質，這毋寧正是「眞正人性的東西」（多瑪斯也曾說過，如果說「默觀生活」是人類生活的一種至高形式，那麼，這種生活並不僅屬人性，因爲這早已大大超越了人性的範圍）⑦。

古代哲學同時也認爲，人類的理性運作已經包含了努力工作的特質，這恰好也是一種人性的表現。「理性的行動」及其推論思考的過程，其實正是一種工作，而且還是一種相當艱難的活動。

然而，「理智」所執行的觀看行爲就不能稱爲工作了。我們要是遵循古代哲學的看法，把人的認知行爲看成是「理性」和「理智」此兩者之互相作用交融，同時我們要是能夠在推論思考之中看出一種「知性直觀」的要素，並且因而能在哲學上掌握到一種對存有的整體性的默觀，那麼，我們肯定會發現，把認知行爲和哲學看成是「工作」，根本上就不是很周全的看法，顯然就沒有觸碰到事物的核心，這樣的定義事實上即遺漏了某些相當本質性的東西。誠然，一般的認知行爲，特別是哲學的認知行爲，如果少了推論思考的努力，活動便不能成立；如果少了一般「心智工作」必不可少的所謂「煩人的操勞」（labor improbus），一樣不能成立。儘管如此，我們還是要指出，這中間終究還是少了一樣本質性的東西，而這一樣東西絕不是「工作」。

❊

「認知是工作」或「認知是一種活動」此一陳述可說包含了兩個層面，首先，它意味著這是對人的一項要求，其次，這項要求又是來自人自己本身。我們會這樣說，如果你想理解某些東西，你就必須工作。在哲學上，康德強調「理性的原則，人只有通過勞動才能獲得財產。」⑧這話說得很有道理——這是對人的一項要求。

這個陳述的另一層面，是人對自己的要求，乍看之下，這層意思並不是那麼明顯，甚至是隱藏不見的。如果認知就是工作，就只是工作而已，那麼我們除了經由自己努力從主觀活動中所獲得的成果之外，其他則並未得到什麼。在我們個人的認知活動裡，每一樣成果皆是由於我們的努力而來，至於認知活動本身，實際上並未領受什麼。

我們由此可得到這樣的結論：由於某種帶有基礎性質假說的出現，「心智工作」的觀念因而受到相當大的影響——這種假說的出發點認為，人的認知乃是由「理性」透過一種全然主動且是推論性質的運作而獲得。

我們如果仔細觀察「勞動者」的形貌，則會發現，他最大的特徵是「賣力」和「勞累」，我們越是仔細觀看，會覺得這些特徵越是明顯，好像是刻出來似的，這種現象反映在「心智的工作」上，無疑更形尖銳明顯。這是「絕對活動」（unbedingten Tätigkeit）的標記（正如歌德所說，「最終讓人破產的，正是這個東西」）[9]，這種特質委實教人無法消受，就像是一顆頑冥不靈的心，無視於抵抗和反對的存在，無怪乎有人會毫不容情說出下面這句駭人聽聞的話：「任何行動皆可產生意義，甚至包括犯罪在內……因此所有的被動性都不具意義。」[10]

❄

然而，問題並不是那麼簡單，我們不能把「推論思考」和「知性直觀」這兩個對立觀念簡單看成只是主動和領受的對立，或只是主動賣力和被動吸收的對立。事實上，這兩個觀念之間的關係一個可看成是勞累和壓力，另一個則可看成是不勞累和輕鬆擁有。

我們從上述賣力和不賣力的對比關係來看，可探尋出「知性直觀」此一觀念的另一有力根源，我們在此要談到決定人類行爲之有價值或無價值的特殊判準。

康德曾經把哲學比喻成是一種「海克力斯的工作」（herkulischen Arbeit，譯按：海克力斯乃希臘神話中宙斯之子，以力大無窮著稱，「海克力斯的工作」意指艱鉅無比的工作）⑪，他這樣說的意思不僅只是把他的話象徵化，同時還賦與這種工作以合法身分：哲學是純正的，所以必然艱鉅困難。由於「知性直觀」並未花費什麼力氣，康德對此一觀念不免感到懷疑，他並不期待從知性直觀能夠得到什麼知識，只因爲光用眼睛看的這種行爲的本質，基本上並未花費什麼力氣。

如此說來，這樣是否會把我們導向一個結論，或至少十分接近這個結論，意思就是說，我們對眞理的認識必然由認知過程有否付出「努力」來決定？

這樣的觀點與一般倫理教條顯然相去不遠，我們的倫理教條向來認爲，一個人不管做任何事情，如果只是出於一種自然的傾向——換句話說，不經由付出努力——都是有違眞正的道德原則。的確，在康德看來，任何自然傾向的行爲都是抵觸了道德原則。事物的本性中有一條通則告訴我們，良善是很難做到的事情，如果我們能自動付出努力去做有關良善的事情，此即合乎良善的道德標準，越難做到的地方，其良善的層次就越高，席勒（Schiller）有一首諷刺詩即點出了這層道理：

我很想幫助朋友，我很樂意這麼做
可是令我懊惱的是，這樣做我會變成不道德。⑫

因此，努力就是良善。這句話早在古希臘時代即已由犬儒學派的哲學家安提西尼（Antisthenes）加以規範過⑬，這位哲學家是柏拉圖的朋友，同時也是蘇格拉底的學生。從某個角度看，他還是一位相當「現代」的哲學家，他是第一個爲「工作者」這個觀念勾勒出明確意象的人，而且，他更以身作則去實踐這個觀念。他把努力和良善劃上等號，他更大肆禮讚海克力斯是超人行爲的實行者⑭。我們可以這麼說，他的觀念至今仍保有其相當程度的魅力（或者應該說，魅力的重新再現？）：從伊拉斯謨斯（Erasmus）的格言警句⑮到康德的哲學，以至近代湯瑪斯・卡萊爾（Thomas Carlyle）的「工作宗教」觀念。康德甚至還引用「海克力斯的」（無比艱困的）這種象徵隱喻來盛讚哲學家的英雄主義風格，至於卡萊爾這位「工作宗教」的先知則這麼說：「你必須像海克力斯那樣勞碌工作……。」⑯安提西尼，這位獨來獨往的倫理學家向來不喜歡任何與崇拜儀式有關的東西，他甚至還用理性的嘲諷方式去攻擊一番⑰。他不崇尚繆思（他害怕詩，他對詩的興趣完全取決於一首詩的內容是否與倫理道德有關）⑱，他對性愛亦提不起任何興趣，他說他「眞想殺掉愛佛蘿黛特（Aphrodite，譯按：即是愛和美的女神）。」⑲。他是個講究實際的現實主義者，他並不相信不朽（他唯一關心的，就是希望能夠在這個塵世上「過正當的生活」）⑳。從上面我們所集合起來的，有關這位哲學家的特性，我們大致可以獲得一個這樣的印象：這難道不正是一個純粹的「工作者」的最佳典型代表嗎？

「努力就是良善」——關於這個論調，多瑪斯・阿奎那在《神學大全》（*Summa theologica*）一書中提出這樣一句話加以反駁，他說：「美德的本質在於良善而不在其困難。」[21]亦即「更困難的事情未必一定就更有價值，然而可以肯定的是，要達到更高層次的良善，其困難度必然是更高的。」[22]中世紀的人有關美德的概念，對我們這些康德的同胞而言，是很難接受的：美德可以駕馭我們本性的自然傾向嗎？不，康德會這麼說，而我們也會贊同他的說法。但多瑪斯的說法則相反，他會說，美德會使我們更趨於完美，然後以正確方式引導我們跟隨我們本性的自然傾向走[23]。的確不錯，道德的良善其至高之實現原則正是如此：不用花力氣，因爲其本質的根源乃是愛。如果我們過於強調努力和勞累的要素，那麼這勢必會阻礙我們對愛的了解。試問，在一般基督徒的觀念中，爲什麼愛的至高表現會是去愛你的敵人？我們可以這樣解釋，在人的本性自然傾向中，總是較爲壓抑英雄主義的作風，這種愛的表現之所以那麼偉大，實乃根源於其非比尋常的困難度，幾乎無法做到。關於這個，多瑪斯怎麼說呢？他說：「即使偉大的愛其表現必須經由克服困難才能達到，但是這種愛的價值並非在於其本身所具有的困難度。不過，如果愛有可能如此偉大，以致能夠克服所有困難——那麼這種愛更是偉大。」㉔

由此可見，認知的本質並非取決於如前述思想的努力和勞累，而是在於能夠掌握事物的本質並在其中發現真理。

正如同在善的領域，最偉大的美德無視任何困難；同樣的，在認知上，認知的最偉大形式往往是那種靈光乍現般的真知灼見，一種真正的默觀，這毋寧是一種饋贈，不必經過努力，而且亦無任何困難。多瑪斯特別把默觀和遊戲拿來相提並論，「由於默觀的閒暇性質，」《聖經》上談到神性的智慧時這麼說：「所以神性的智慧一直都帶有某種遊戲的性質，在寰宇中玩耍繞行不止。」（舊約《聖經》〈箴言篇8，30f〉）㉕

誠然，認知的最高實現形式的確是必須經過思考上的特別努力方能達成，甚至可能還必須充足準備才行（否則這種知識的獲得，就嚴格意義言，必是神的恩賜）。但是不管怎樣，努力這種行爲不必一定是因，毋寧只是必要條件而已。至於愛的施捨這種不需經過努力的神聖行爲，只要通過高尙而英雄式的意志作用即可做到。

眞正的關鍵是：美德的目的在於實現良善，其先決條件無非是道德上的努力，但不必強調這種努力爲絕對必要。而認知的目的乃在於探尋存在事物之本質，但不必強調費心思考或「心智工作」之努力的必要性。

關於「心智工作」的概念——過分強調「困難」的概念——則是爲「工作者」塑造出了一種刻板的形像：一副正經模樣，不苟言笑，不分靑紅皀白，隨時隨地準備去受苦受難。這種不分靑紅皀白要隨時隨地去受苦受難的姿態可以說正是必須加以區辨之關鍵所在，這種態度和基督徒心目中的自我犧牲觀念極端不同（當然我們不會忽略這種態度必然也包含了「紀律」此一要素之根本意義）㉖。對基督徒而言，他們受苦受難的觀念並不是這樣，他們不會爲賣力的目的而去尋求賣力，也不會爲困難的目的而去尋求困難。他們尋求一種更高層次的幸福，一種救贖，一種圓滿的人生境界，換句話說，他們追尋一種圓滿的

幸福，如多瑪斯所說：「紀律的目標和準則無非幸福之追求而已。」㉗

過分強調努力之重要，其所顯露的根本意義似乎會是這樣：執著於此一觀念的人，不會願意去相信一切不是經由努力而得來的東西，並認定他們所擁有的善良和美德，一定是他們自己經過痛苦努力而得來，他們拒絕不勞而獲。

我們不妨藉此機會稍爲想一下，基督徒是如何依據「恩寵」的觀念來建立他們的人生觀念，我們也不妨藉此回想一下，天主聖神本身就是被稱爲「恩賜」㉘，而且，偉大的基督教義大師告訴我們，上帝的公正原則乃是建立在愛人的基礎上面㉙，更進一步看，某些觀念，譬如接受施捨、平白受贈、無功受祿等等，所有這些接受的觀念都是比施予的觀念早先存在，還有，最先出現的總是領受之物——我們如果把所有這些觀念擺在面前一一加以審視，我們會發現，上述那種凡事必須付出努力的觀念較之西方基督宗教的觀念，兩者是多麼的不同。

＊

我們仔細研究了心智工作這種觀念的起源，發現其眞正源頭不外乎來自下面兩個論點：其一，認爲人類的認知行爲完全藉由推論思考的方式而完成。其二，堅持只有賣力的思考才是獲取眞理的不二法門。然而，我們還要指出另外尙有第三個要素決定了心智工作此一觀念之建立，這第三個要素甚至比前面兩個還重要，而且還涵蓋了它們，是什麼呢？那就是隱藏在「心智工作」和「心智工作者」這兩個概念背後的社會教條。

我們由此可以理解，工作的意思指的就是對社會提供貢獻的一種行爲，而「心智工作」就是一種服務社會的心智活動，因而也是一種符合公共利益的貢獻。然而，這還不能眞正說明「心智工作」和「心智工作者」的實質意義。這兩個術語的意思在現代習慣用法中，也包括了附屬於「工作階級」的範圍，意思就是，不僅薪水階層、手工工人及無產階層是工作者，同時學術工作的人和學生也都是工作者，甚至稱爲「心智工作者」，他們一樣都是屬於社會體系中的一分子，一樣分配到了付出勞力的工作。心智工作者有其自身之義務功能，他在整體工作世界中也只是執行工作義務而已，儘管有時被稱爲「專業人員」，但他終究還是執行工作義務的人。我們在此要更進一步特別指出，沒有人——

不管是心智的或是手工的工作者——能夠脫離心智活動的範圍，換句話說，他仍得必須肩負某種職責去履行某些功能。至此我們終於觸碰到了整個問題的癥結核心，難道沒有人看出來，我們所探究的問題已經超出了理論的範圍，並且進而威脅到了我們所提出的所有一切觀點？

這裡所談到的所謂「社會的」這個形容詞彙所代表的意思，指的固然是社會各階層之間的相互關係及其群體共處的現象，但這只是表面，關於這個問題，我們容後進一步詳細討論。

※

眞正來說，這實在是一個形上學的問題，而這也正是我們前面所述及的，「自由的藝術」此一觀念在意義上必須加以釐清和定位的老問題。那麼，什麼是「自由的藝術」？多瑪斯・阿奎那在《亞里斯多德形上學評註》一書中曾針對這個問題加以釐清說明：「凡是爲知識之認知目的而提出的藝術皆稱爲自由的藝術，如是經由行動爲功利目的而提出的藝術則稱爲卑從的藝術。」㉚六百年後，約翰·亨利·紐曼（John Henry Newman）這樣說：「我很淸楚知道，知識本身會融入一種實際運用的藝術，經過某種機械過程之後開花結果，但是也有可能回到理性的層次，融入哲學。前者叫做『有用的知識』，後者叫做『自由的知識』。」㉛

因此，「自由的藝術」是一種意義隱藏不露的人類活動方式；「卑從的藝術」則是一種含有目的的人類活動方式，其目的必須是經由實際運作之後產生了有用的效果而達到。自由的藝術之所以稱之爲「自由」，主要還是因爲其中並不牽涉目的的要素，它並不爲社會功能或是「工作」的制約而存在。

對許多人而言，自由藝術的道理和意義很容易明白，似乎沒有必要費神去加以討論。我們如果用現代語言把這個問題翻譯出來，聽起來會像這樣：在人類的行爲或人類存在的現象當中，是否仍存有某個領域，並不歸納在一種稱之爲「五年計劃」的機械作用之範圍內？到底有或沒有這個情形？

「心智工作」和「心智工作者」這兩個觀念的內在傾向會指向這樣的回答：「沒有。本質上而言，人類的整體存在，即是爲了執行工作任務而活，即使其最高貴形式的活動，沒有一樣離不開這個目的。」

※

我們不妨用哲學和哲學教育的觀點來看這個問題，哲學可以說是自由藝術中最自由的一門知識，紐曼這樣說過：「眞正最自由的知識無非是哲學知識。」㉜就某種確定意義言，哲學自始即委身於自由的藝術之中，我們今天在大學中（比如在德國）稱爲「哲學系」的部門，在中世紀的大學裡被稱爲「藝術系」。因此，在探討我們的問題當中，哲學所扮演的角色，以及要怎樣去衡量哲學的價値，可以說非常的重要。

自然科學、醫學、法學或經濟學在現代社會體系的功能運作方式上，是否應爲自己領域劃上界線，或最起碼應做到何種程度，以便可以從社會科學角度去區分其「工作」性質，關於這個問題似無爭辯之必要。每一門個別科學都會想追求其自身之外的其他目的，此乃順理成章的事情，然而我們依舊能以哲學的方式去處理這些特別科學的問題，同時我們處理有關哲學的問題也一樣可以運用到這些科學上面。「以理論方式處理一門特別的科學」——意思指的就是探索這門科學的源頭，就「學術的」意思而言是如此（「學術的」指的就是「哲學的」意思，如果不是，不知道會是什麼）！

因此，如果說我們這麼做是在爲哲學定位和正名，其實也一樣是在爲大學和學術教育以及所謂的眞正教育定位和正名——就這層意義言，其旨趣和一般的生涯訓練可說極爲不同，甚至要更爲超越一些。

從事職業工作必須接受訓練，而訓練乃是一種偏於某種特殊導向的專業培育，僅隸屬於人類和世界的某個部門。教育的導向是整體全面性的，任何接受過教育的人會知道這個世界的整體運作模式，教育牽涉了人類的全體，因爲人乃「無所不能」（*capax universi*），人能理解一切事物的存在現象。

我們這樣說並無貶低職業訓練的意思，也無意反對工作義務的存在。不能否認的是，爲工作義務而接受專門性職業訓練正是人類活動的正常通則，工作是正當的行爲，正常的日子就是工作的日子。但問題是：人的世界可否一直被「工作的世界」所壓榨？人類可能單單只是爲了工作義務而存在，只是扮演「工作者」角色，就覺得滿足嗎？人的存在純粹只是爲了工作日子而設定的嗎？或者說，我們換另一個角度，用不同方式來問這個問題：是否存在有所謂自由的藝術這種東西？工作至上世界裡的建築師會這樣回答：「沒有。」在工作者的世界裡，誠如因斯特·恩格（Ernst Jünger）所說，自由探尋的觀念並不存在㉝。在規劃完美的工作世界中，並沒有所謂眞實的哲學這種東西（我們指的是不帶功利目的那種哲學，是「自由的」那種），同時亦無以哲學方式去處理特別科學這種事情（所謂哲學方式，其原始意義指的就是「學術的」意思）。

我們現在回到「心智工作者」這個術語上面，我們現在的處境即是建立在這個術語的觀念上面，我們的意見也一樣是針對此而發。這個術語看來就像是個痛苦的病徵，不管是在語言學上，或特別是在學術上，我們每次提到有關這方面的觀念時，總免不了要受到「心智工作者」或「心靈勞動者」這種說法的影響。

❈

古代人認爲，在人類的活動領域中，「無用的」形式肯定是存在的，而且所謂自由的藝術也是有的。世界上不僅存在著有功能作用的科學，同時也存有一種「君子的知識」，如同紐曼在他的《一個大學的理念》（*The Idea of a University*）這本書中所提出的，他把「自由的藝術」這個古代的術語巧妙翻譯成爲現代人的說法，他稱之爲「君子的知識」㉞。

顯而易見，任何東西不能因爲無法被歸納爲「有用」，我們即認定這個東西就是無用。對一個民族而言，公共利益的施行，比如空間的拓展或是尊重的給予等，這些事情不能說沒有意義，但就某個層面看，這些畢竟仍可看成不是「有用的工作」。歌德任威瑪公國總理時，有一次（一八三〇年十月二十日）對佛德利希・索雷（Friedrich Soret）這樣說：「我從未問過……我要如何利用這一切？我只知道要說出我心日中認爲是好的和眞實的事物，當然……以長遠眼光看……這會有用的，不過這並不是預期的目的，而只是一必然的結果。」㉟

黑格爾曾巧妙歸納過這個概念，他說，功用之外還有賜福㊱。

從上述觀點看來，我們就不難理解中世紀時代所說的這句話：「為了人類社會能夠更完美，我們當中需要有些人去過『無用的』默觀生活。」㊲在此我要更進一步強調的是，對獻身於「默觀生活」的個人而言，或是對全體人類社會而言，如果想要變得更趨於完美，這種觀念毋寧十分必要！至於那些滿腦子只想到「心智工作者」這種觀念的人，恐怕是無法理解上述這些道理的。

註釋

①《樹葉與石頭》（*Blätter und Steine*, Hamburg, 1932），p.202。

②康德（I. kant）：《純粹理性批判》（*Kritik der reinen Vernunft*, Leipzig, 1944），p.95。

③班哈特・揚森（Bernhard Jansen）：《康德之前新哲學中的認識論發展》（*Die Geschichte der Erkenntnislehre in der neueren Philosophie bis Kant*, Paderborn, 1940），p.235。

④〈論哲學界新近的文雅腔調〉（"Von einem neuerdings erhobenen vornehmen Ton in der Philosophie"），*Akademie-Ausgabe* Ⅷ, pp.387-406。

⑤Diels-kranz, ed., *Die Fragment der Vorsokratiker*, frag. 112。

⑥《眞理問題論辯》（*Quaestiones disputatae de veritate*）XV, 1。

⑦《四樞德問題論辯》（*Quaestio disputatae de virtutibus cardinalibus*）1。

⑧康德，請參閱註④，同一出處，p.393。

⑨《格言與回顧》（*Maximen und Reflexionen,* Günther Müller, ed., Stuttgart, 1943）。

⑩赫爾曼・勞斯林（Hermann Rauschning）：《與希特勒對話》（*Gespräche mit Hitler,* Zürich-New York, 1940）；此句話引自轉載於一九四五—六年所出版期刊「變化」（*Die Wandlung*）之中的選文。

⑪康德，同註⑧，p.390。

⑫出自席勒（Schiller）的〈哲學家〉（"Die Philosophen"）一詩。

⑬安提西尼這句話引自 Diogenes Laertius 所編著《著名哲學家的生平與思想》（*Leben und Meinungen berühmter Philosophen*）一書第六冊，第一章第二節。

⑭同上註，安提西尼曾寫一作品，題名爲《偉大的海克力斯，或論力量》（*Der größere Herakles oder von der Kraft*）。

⑮安東・蓋勒（Anton Gail）曾經跟我提過關於漢斯・霍爾班（Hans Holbein）爲伊拉斯謨斯（Erasmus）所畫的一幅畫，畫中呈現伊拉斯謨斯兩手放在一本書名叫做《海克力斯的勞碌》（*Herakleou ponoi*）的書上。

⑯卡萊爾的這句話引自 Robert Langewiesche 所編的卡萊爾選集德譯本，p.28。

⑰請參閱威廉・奈斯特（Wilhelm Nestle）所著《從荷馬到魯吉安的希臘思想史》（*Griechische Geistes-*

geschichte von Homer bis Lukian, Stuttgart, 1944），p.313。

⑱同上註，p.314。

⑲轉述自 Klements von Alexandrien 的 *Teppiche* II, 107, 2。同一段話中，安提西尼還這麼說：「愛的慾望是大自然現象中的一種病態。」

⑳見註⑬，第六冊，第一章，第五節。

㉑《神學大全》（*Summa theologica*），Ⅱ, Ⅱ, 123, 12 ad 2。

㉒同上註，Ⅱ, Ⅱ, 27, 8 ad 3。

㉓同上註，Ⅱ, Ⅱ, 108, 2。

㉔《愛德問題論辯》（*Quaest. disp. de caritate*）8 ad 17。

㉕《名言集錦評註》（*Sentenzenkommentar*），Ⅰ, d.2。

㉖因斯特・恩格：《樹葉與石頭》p.179。

㉗同註㉓，Ⅱ, Ⅱ, 141, 6 ad1。

㉘多瑪斯・阿奎那：《駁異大全》（*Summa contra Gentiles*）, IV, 23：「聖靈的角色就是一種恩賜。」多瑪斯同時在《神學大全》中也這麼說：「聖靈就像是來自天父的愛，眞正叫做『恩賜』。」

㉙同註㉑，I, 21, 4。

㉚《亞里斯多德形上學評註》（*Kommentar zu Aristoteles Metaphysik*），I, 3。

㉛約翰・亨利・紐曼（John Henry Newman）：《一個大學的理念》（*The Idea of a University*, Mainz, 1927），p.128。

㉜同上註，p.127。

㉝《樹葉與石頭》，p.176。

㉞同註㉛，p.127。

㉟引自《歌德與艾克曼對話錄》（*Goethes Gespräche mit Eckermann*）一書。

㊱引自黑格爾（Hegel）所著《邏輯學》（*Wissenschaft der Logik*）一書的序言，關於這個概念，更詳細內容如下：「對永恆的沉思默想，以及爲此一行爲服務的生命，其動機並非來自功利，而是來自賜福。」

㊲多瑪斯・阿奎那：《名言集錦評註》，IV, d.26, Ⅰ, 2。

III

我們對「工作者」的類型經過一番簡單的描述之後，大致上可歸納出有關這個類型三個明顯的主要特徵：第一，具有一種向外直接的主動力量。第二，不分青紅皂白，隨時隨地準備受苦受難。第三，竭力參與具功利性質的社會組織並認眞執行其理性程序。如果從這些觀點看「工作者」，閒暇似乎便成爲一種全然遙不可及且是完全陌生的東西，缺乏韻律，也缺乏理性——事實上，已經變成了無所事事和懶惰的同義詞。

然而，中世紀全盛時期對生活觀念的態度則是與此完全相反：人之所以淪於懶惰或無所事事，正是出於缺少閒暇，沒有能力去獲得閒暇；不眠不休的爲工作而工作，其眞正導因不是什麼別的理由，唯懶惰而已。說來難以置信，那種自殺式的不眠不休工作狂熱，其實就是由於缺乏去完成事情的意志力所造成。這樣的看法很令人訝異，要解釋這個現象，恐怕必得大費周章。不過，這個問題倒是值得花費唇舌去好好加以分析探討一番。我們首先要問：「懶惰」（trägheit，譯按：即英文的idleness），這種行爲在古代觀念中指的是什麼意思？在西方中古世紀，「懶惰」一詞在拉丁文裡叫做*acedia*①。

我們現代的人會把「懶惰」的行爲看成是「一切罪惡的根源」，但是古代的人並不是這樣解釋。以古代的行爲觀念來看，懶惰有其特別的意思：人放棄了隨著其自身尊嚴而來的責任，他不想成爲上帝要他成爲的樣子，換句話說，他不想成爲他自己的眞正樣子。齊克果（Kierkegaard）曾經這樣說，*acedia*（懶惰）是一種「軟弱的絕望」，意思也就是說，一個人「絕望地不想做他自己」②。從形上神學的觀點看，懶惰的意思指的就是，人不肯和他自己的存在相符，一個人在他自己的一切努力活動背後，他想脫離自己，如同中世紀的說法，哀傷取代了活在他內心的神聖良善的位置，這種哀傷正是《聖經》上所說的「俗世的哀傷」（tristitia saeculi）③。

那麼，反對此一形上神學的懶惰觀念的會是什麼呢？有可能反對這個觀念的，是否即是市民社會中經濟生活上所強調的努力和勤奮？

我們向來總是認爲，大家對 *acedia*（懶惰）這個字眼的了解，似乎離不開和中世紀時代的「商業風氣」有關，比如桑姆巴特（W. Sombart）即把這個字眼的意思解釋爲「蟄居家中無所事事者」的懶散行爲④，藉此和主動而勤於任事的工作者互相對比，但麥斯・謝勒（Max Scheler）對這樣的解釋則表示不敢苟同⑤。在桑姆巴特之後，***acedia*** 這個字眼又被詮釋爲「製造膠水的工作」（Leimsiederhaftigkeit，譯按：這個德文字尚有「萎靡懶散」的意思），由此可見，這樣的解釋在當時也暗示了缺乏經濟野心的意思⑥，其意義毋寧是雙關且是消極的。另外一點值得一提的是，*acedia* 這個字眼之所以會產生傾向於消極的意義，這不能不說和「基督教教義」的宣揚有關，由於「基督教教義」的宣揚必須符合當時流行的潮流，以致於當時的一切活動行爲不得不淪入爲以教會的「工作精神」之宗旨爲依歸，因此，多瑪斯・阿奎那說過的一句充滿恬靜氣息的話：vivere secundum actum est quando execet quis opera vitae in actu.⑦便被解釋爲「努力積極去生活的意思，就是盡全力於創造性和活動性的生活上面」⑧——這樣的解釋好像是說，多瑪斯自己沉思默想的生活不算是一種「生命的工作」（*opus vitae*）！

acedia 這個字眼的反面意思，指的並不是我們日常生活中努力於營生所反映出來的勤勉精神，而是：一個人對他自己的存在和對整體世界以及對上帝和愛等等皆欣然肯定，進而由此產生全然嶄新不同的行爲，這種意義和「工作狂熱」的拚命行爲所代表的經驗自是不可同日而語。

要不是有人這麼明白告訴我們：多瑪斯曾把 *acedia* 視爲抵觸十誡中第三誡的罪，我們上面對 *acedia* 這個字的反面解釋可能就錯了。然而，他並非把「懶惰」看成是「工作精神」的相反，而看成是違反了「精神憩息於主懷」之誡律⑨。

有人可能會問：這些和我們目前在談的主題有什麼關連呢？我們想先了解：

*acedia*的意思被列為「七罪宗」（Hauptsünden）之一。這是一個語意傳遞的問題，拉丁文語彙的翻譯在此並不十分令人滿意，「宗」（Haupt）這個詞彙的拉丁字源是「頭」*Caput*，但是這個拉丁字在德文裡還有「源頭」（Quelle）的意思，因此我們在這裡可以這樣說：所有這些罪惡，如同一個源頭般，一切錯誤行為無不是由此而來。那麼，我們似乎可以這麼說，懶惰的起源——這恐怕又得回到我們前面開始時的論調——如同古人的教訓所告訴我們的，乃是來自如不眠不休或是缺乏閒暇這些錯誤行為的後果。（*acedia*有許多「女兒」，其中之一就是「絕望」，如果說缺乏閒暇和絕望算是一對「姊妹」，那麼「工作，不要絕望」這樣的曖昧論調的確可以帶給我們某種程度的慰藉。）

從古代眼光看，懶惰和閒暇的共通之處可說極少，許多時候懶惰只是「非閒暇」（Un-Muße）的一種先決條件，然後才是真正成為「缺乏閒暇」（Mußelosigkeit）。我們可以這樣說，當一個人和自己成為一體，和自己互相協調一致之時，就是閒暇。*acedia*指的意思則是：人和自己的不協調。如此看來，懶惰和缺乏閒暇可說互為表裡，是一體的兩面，而閒暇正是此兩者的否定。

閒暇因而是一種精神的現象（我們必須抓住這個前提，以便和與之相近的一些概念如「工作中休息」、「休閒」、「周末」及「渡假」等等有所區別，簡而言之，閒暇是一種靈魂的狀態！）——閒暇正是「工作者」這個意象的眞正對比，而這適巧也可用來反面說明前述三個「工作者」的主要特徵：工作是一種活動、工作是一種賣力以及工作是一種社會功能。

首先，對抗工作那種全然活動性質的觀念的，就是閒暇的「不活動」觀念，這種觀念強調一種內在的無所憂慮，一種平靜，一種沉默，一種順其自然的無爲狀態。

閒暇的沉默狀態可以說是一種接受現實世界的必要形式，人唯有沉默才能聆聽，不能沉默的人則是什麼都聽不到。我們這裡所說的沉默（Schweigen）指的並非遲鈍的不出聲或是什麼反應都沒有的啞然無聲，這是一種對應現實世界的精神力量，非言語所能形容，只能意會，不能言傳，閒暇因而是一種投入於眞實世界中，聽聞、觀看及沉思默想等能力的表現。

更進一步看，閒暇同時也是一種無法言傳的愉悅狀態，並由此認識這個世界的神祕性格，帶給盲目信仰某種信心，讓事情順其自然發展。在閒暇身上我們會看到「對於形成歷史的生命與本質的片片斷斷之信任。」⑩這是從詩人康拉德・懷斯（Konrad Weiß）的日記中所引用的一句話，而這句話正好也說中了小說家因斯特・恩格眞正的思考和寫作風格。恩格的思考和寫作風格充滿對眞理和公衆事物的狂熱想望，他深入事物之中加以探索，去獵取事物的奧祕並加以仔細審視一番，其仔細程度正如同用顯微鏡去觀察事物之最微末部分，眞可說是鉅細靡遺——此即懷斯對恩格在思考和寫作風格方面的觀察，他繼而將此種風格歸納爲「沉思默想的相反，甚至是一種懶惰，然而此種懶惰方式卻又能將自己推向一個細膩精確的水平……這與一般眞正的懶惰則又十分不同，此種懶惰方式不慌不忙悠游於時間之中，舉凡人世的一切，包括上帝、整個世界及所有事物，不論好壞，皆無聲無息順其自然，任其去來。」

閒暇的態度不是干預，而是自我開放，不是攫取，而是釋放，把自己釋放出去，達到忘情的地步，好比安然入睡的境界（人唯有全然釋放自己，才可能眞正安然入睡）。事實上，不眠和不休之間的關係正如同睡眠和閒暇，赫拉克里特曾經這樣說過：「睡覺的人和世界的事物仍保持活躍和參與的關係。」[11]我們釋放自己，專注對著一朵盛開的玫瑰花、一個沉睡中的嬰孩或是一樁奧祕的神蹟沉思默想時，這時一股新的生命氣流便立即流向我們，這股新的生命氣流不正像是從我們深沉無夢的睡眠所流出的嗎？正如同舊約《聖經》〈約伯書〉上面所說：「上帝使人在夜間歡唱。」（第三十五章第十節）我們也都知道，上帝賜福給他所愛的人，他們在睡眠中享受上帝所帶給他們的喜悅，同樣道理，我們對許多偉大眞知灼見的獲得，往往正是處在閒暇之時。在我們的靈魂靜靜開放的此時此刻，就在這短暫的片刻之中，我們掌握到了理解「整個世界及其最深邃之本質」的契機，這樣的時刻稍縱即逝，這之後如想重新尋回這個美妙時刻，恐怕就有待付出努力的「工作」了。

其次，對照於工作那種全然賣力意象的，則是閒暇「不工作」的觀物姿態，德文裡有一個不容易說明的字眼 Feierabend（收工），似乎可用來形容「不工作者」（der Feiernde）心中的愉悅情緒，而這正好可用來說明閒暇意義的核心所在。閒暇之所以成爲可能，其前提必須是：人不僅要能和自己和諧相處（懶惰基本上已經否定了這種和諧），同時必須和整個世界及其所代表的意義互相符合一致。閒暇是一種肯定的狀態，這和「不活動」不一樣，也不同於靜止不動，當然也不是一種內在靜止狀態，這好比一對情侶談話之間的靜默時刻，什麼話都不必說，兩人卻能融而爲一。詩人霍德林（Hölderlin）在其〈閒暇〉（die Musse）一詩中曾這樣寫道「……我站在寧靜的草地上／好像一棵可愛的榆樹，也好像掛在藤架上的葡萄／生命的甜蜜遊戲圍繞在我身旁。」《聖經》上也這樣記載著，在收工之後，「上帝看到他所做的一切，他覺得非常好。」（〈創世紀〉第一章第三十一節）可見閒暇包含了人的內省行爲，他看到了他在現實世界的工作完成之後，感到心滿意足。

然而，肯定的至高形式則是來自節日的慶祝活動，根據宗教歷史學家卡爾・凱倫義（Karl Kerényi）的說法，他認爲節日慶典本身即結合了「休憩、生命強度及沉思默想等三者爲一體」[12]。節日的慶祝活動其意義是：對世界基本意義的肯定並與之符合一致，同時透過特殊而有別於日常生活例行公事的方式，努力去完成個人在這個世界上所代表的自我身分。

節日的慶祝活動可以說正是閒暇的起源，也是閒暇最內在且是最核心的根源，正是由於此一特性，才更加襯托了閒暇的「不賣力」特質，以及說明了爲什麼閒暇會是賣力和勞碌之相反的理由。

❈

第三點，如果說工作是一種社會功能之表現，那麼閒暇的觀念與這種意象顯然也是互相對立的。首先是「工作中休息」（Arbeitspause）這個簡單的概念——可能是一個小時或是一個星期，或甚至更長——這可以說是我們日常工作生活中必不可少的一個部分，早已列在一般工作歷程之中，其目的無非就是爲了工作的理由而存在，其存在目的乃是「爲新的工作提供新的力量」，好比「復原」此一觀念所說，人從工作中藉短暫休息恢復精力，其至終目的還是爲了要再度投入工作。

閒暇相對於工作歷程而言，可以說構成了一種互相垂直的關係——這好比我們上一章所述理智的「單純觀看」方式並不存在於理性致力的工作歷程範圍之內，因此這兩者之間的關係也是垂直的（古代哲學家把理性，即*ratio*，看成是一種長遠時間的流程，反之，理智，即*intellectus*，則是「此時此刻」）[13]。我們現在必須澄清的是，閒暇並不是爲了工作的目的而存在，一個正在工作中的人不管如何努力從其中得到多少新的力量，藉以重新投入工作，閒暇從來不會是爲工作而存在。在我們看來，閒暇也許可以提供給進一步工作所需的體能恢復或心靈復元某種新的動力，但是閒暇的意義並非由此而得到證明。

閒暇和默觀一樣，都是屬於比「勞動的生活」（vita activa）更高層次的生活（雖說「勞動的生活」就某種意義而言才是眞正的「人性」），不過這種層次我們倒是不能加以混淆，比如我們說，睡前祈禱會比較好入睡是事實，但不會有人因此而認定祈禱是較好入睡的唯一方法。同樣道理，假若閒暇眞能帶給我們新的動力，那麼我們如果單單只是爲了獲得體能的恢復而去追求閒暇，我們肯定會得不到所想要的結果，因爲體能的恢復必須是從深沉的睡眠而來。

另一方面，閒暇也不是經由社會上執行工作功能的人，能否盡量避免麻煩或不要有所疏忽，來證明其存在的必要。閒暇的肯定必須取決於執行工作功能的人是否合乎人性（好比說，他是否能成爲我們上章所述紐曼所謂的「君子」）。此即意謂著，人不可侷限於他狹隘的工作功能所塑成的局部世界之中，他必須能夠以更爲寬廣的眼光去看待整個世界，然後藉此實現自己並將自己導向一種整體性的存在⑭。

❄

上面所述無疑已經說明了，爲什麼閒暇的能力會是人類靈魂基本能力。閒暇的能力和沉浸在存有之中默想的天賦以及在慶典中提昇自己的精神能力一樣，能夠超越工作世界的束縛，進而觸及超人的、賦予生命的力量，讓我們能夠以再生的嶄新姿態重又投入忙碌的工作世界之中。我們唯有能夠處於眞正的閒暇狀態，通往「自由的大門」才會爲我們敞開，我們也才能夠脫離「隱藏的焦慮」之束縛。在某些敏銳的觀察者眼中看來，「隱藏的焦慮」正是工作世界的一大特色[15]，在這個世界裡面，我們永遠擺盪在「工作和不工作這兩個端點」之間，掙脫不得。

在閒暇之中——唯有在閒暇之中，不是別處——人性才得以拯救並加以保存，除此之外，我們看到「純粹的人性」一再被忽略和置之不顧。要達到閒暇的境界並非依賴極端的努力，而是某種「引開」（Entrückung）的行爲（但是這種「引開」的行爲卻要比極端的積極努力還困難。這種行爲會更困難，主要因爲它不容易主宰，全然的努力狀況比放鬆和超然的狀況更容易企及得多，即使放鬆和超然不必付出什麼努力。這聽來似乎有些矛盾，但事實卻是如此，閒暇是一種人性的狀況，同時也是超人的狀況）。亞里斯多德這樣說過：「人若只是人，便不能夠過這種生活，唯有某種神性居存在他身上時才有可能。」[16]

註釋

①如想對 *acedia* 這個字更進一步了解，請參閱本人所著《論希望》（*Über die Hoffnung*, München, 1955）一書，第五版，p.58。

②《從疾病到死亡》（*Die Krankheit zum Tode*, Jena, 1938），H. Gottsched 和 Chr. Schremp 合譯，p.44。

③多瑪斯・阿奎那：《惡的問題論辯》（*Quaest. Disp. de malo*）11, 3。

④W. 桑姆巴特（W. Sombart）：《中產階級》（*Der Bourgeois*, Leipzig, 1913），pp.322-313 及 p.321。

⑤麥斯・謝勒（Max Scheler）：《論價值的顛覆》（*Vom Umsturz der Werte*, Leipzig, 1919），第二冊，p.293。

⑥約翰尼斯・海斯勒（Johannes Haessle）：《多瑪斯和教皇李奧十三世之後教會的工作精神：天主教商業精神研究》（*Das Arbeitsethos der Kirche nach Thomas von Aquin und LeoXIII : Untersuchungen über den Wirtschaftsgeist des Katholizismus*, Freiburg, 1923），p.31。

⑦*De unitate intellectus*。

⑧同註⑥，p.34。

⑨《神學大全》（*Summa theologica*），II, II, 35, 3 ad 1；《惡的問題論辯》（*Quaest. Disp. de malo*）11, 3 ad 2。

⑩引自康拉德・懷斯（Konrad Weiβ）一九三九年九月十二日的日記，我要在此向詩人的遺孀表達謝

意，允許我引用她丈夫的話。

⑪*Fragment* Nr.75（Diels, ed.）。

⑫卡爾・凱倫義（Karl Kerényi）：《古希臘羅馬時代的宗教》（*Die antike Religion*, Amsterdam, 1940），p.66。

⑬請參閱多瑪斯・阿奎那的《駁異人全》（*Summa contra Gentiles*）Ⅱ,96。

⑭多瑪斯・阿奎那：《名言集錦評註》（*Sentenzenkommentar*）：「上帝創造了一切，然後隱身退出，他並不依附於他所創造事物之中，他只依附他自己……所以我們要學習不去依附事物，這不是目標，我們要依附上帝，我們會在他身上找到幸福。人必須工作六天，爲的就是在第七天能夠休息，同時藉此去崇拜上帝。但是對基督徒而言，這種休息不僅只是爲了暫時，而且也是爲了永恆。」

⑮美國黑人作家理查・萊特（Richard Wright）在一本叫做《觀察》（*Die Umschau*）的國際性期刊上所寫一篇文章裡頭的話。

⑯亞里斯多德：《尼可馬古倫理學》（*Nikomachische Ethik*）X, 7（1177b）。

IV

我們在前面已經大致爲閒暇勾勒出一個明確的概念，現在我們要更進一步探討有關閒暇在本質上的意義，其有可能實現的「遠景」，以及閒暇在歷史上曾經有過的特殊動力或運行軌跡。或者我們不妨以更具體的方式來看這個問題：我們有否可能在工作至上的世界中爲閒暇保留或要求一些空間？這樣問的意思不單只是星期天不工作的微末要求，而且也希望能夠做到維繫住眞實而不受束縛的人性本質，比如人可否得到自由、眞正學習以及調整自己去適應整體世界的空間？換句話說，有否可能讓人類避免變成一個完全的工作奴隸，或是完全的「工作者」？要做到這些，我們要做的事情其先決條件應該又是什麼？然而，此刻「工作者」的世界正發出一股龐然力量，投注到歷史之中（不管對或不對，這股龐然力量我們姑且稱之爲「邪惡的歷史力量」），顯然這已經是無庸置疑的事實。

有人曾經從各種不同方向去抵制這股力量，而且抵制的行動也並非始於昨日或今日，但是後來證明這之間有些抵制方式並不得體。舉例來看，比如第一次世界大戰期間，「為藝術而藝術」（l'art pour l'art）的觀念曾經被大家不遺餘力加以擁護發揚，可是如今卻又變成只是另一從世界功利觀點想要保護藝術殿堂的短暫企圖而已。我們這個時代（第二次世界大戰剛結束不久），重大歷史事件的帷幕剛剛落下，百廢待舉，一切仍然混沌不明之際，這時一些企圖或想法即適時應運而生，比如：一切回歸「傳統」①，重新追溯我們古代的精神根源，對高中教育問題的爭論，以及哲學如何在大學教育中適當定位的問題（大家爭論的焦點不外乎，「學府」的功能除了提供個人的職業訓練之外，是否也應該同時提供一些別的）。此外，大家也談到一般性的「人文主義」問題——關於這個問題，大家各自提出許多不同見解，其中有一個特別具有挑戰性，而且還充滿了威脅和危害的傾向。

現在的關鍵在於，上述這些議題是否值得討論，或是否能夠經得起討論的問題。我們不妨拿其中「人文主義」這個問題的爭論來看。我們首先要問：「人文主義」的觀念是否充分？這個觀念的是否得當不僅表現在心理學方面的運用，同時也表現在這個觀念能否提供形上的合法性，以及能否帶來某種全然確定性和特殊有效之歷史動力等問題（令人感到有趣而值得注意的地方是，在東德他們用「人文主義」來解釋經濟的唯物主義，在法國無神論的存在主義者喜歡自稱為「人文主義者」——顯然這兩者全錯了）！此外我們要問的另一個問題是，我們能否把「人文」的概念運用到對抗工作至上這個觀念上面。

❄

在尋求這個問題的解答之前，我們似有必要先來了解與這個問題有關的社會觀念，我們不妨從與這個問題有關的幾個錯誤觀念開始，在此我擬定一個個別題目來專門討論這方面的問題。

「無產階級」與「非無產階級化」個別討論專題

我們曾經把「心智工作」和「心智工作者」看成是將工作世界全體化的兩個簡潔的表達語詞。如今《Trübner 德語大字典》認爲這兩個新近出現的新詞彙很有用，至少解決了長久以來，有關一般人對學者和手工工作者兩者之間尖銳對比關係的說明②，現在我們如果拒絕這兩個詞彙或只是有保留的加以接受，是否即意謂我們對這種社會對立關係的說明別有不同看法？誠然，我們反對「心智工作者」這種概念的說法，的確正暗示了我們如下的說法：社會中階級的對立現象沒有解決之可能，除非在「工作」的層次上著手想辦法。我們知道，接受過學術教育層次的人，他們有能力爲知識的目的去追求知識，而無產階級者只會注意「工作中的休息」——這種休息經常無法補足他在勞力上的付出——那麼，我們上述說法的意思是否即肯定，這兩者之間的鴻溝無法跨越，或是不管我們怎麼努力，這個鴻溝只會越變越深？

要回答這樣的問題還眞不容易。

事實上，柏拉圖曾經寫過一段文字，把哲學家類型拿來和粗手工類型互相對比說明，在他看來，「哲學家的成長方式絕不同於一般奴隸，甚至相反，其不同方式大體如下：前者成長於自由和閒暇之中，這種人你稱之爲哲學家，他們可能會顯出很單純無知的樣子，甚至無用，因爲一旦要他們去做些生活上的實務時，他們就一無所知了，比如把一個結繫好以方便攜帶或是煮一盤好吃可口的菜等等……；後者的成長方式則迥然不同，他們對日常生活的實際事務特別在行，可是要他們像個自由人那樣去穿一件披風，他們會無所適從，此外，你要他們用適當言語去禮讚神和人的生命價值，他們完全沒有概念……。」③我們仔細看上面這段文字，會注意到「粗手工」（bánausos）這個字眼在古代所代表的原始意義，在柏拉圖眼中看來，這樣的人指的不僅是未受教育或無思考能力之輩，或是那些無法和外在世界從事精神溝通的人，同時也指用雙手付出勞力討生活的人，較之那些「養尊處優」而能自由處置時間的人，自是不可同日而語。

我們再一次要問，有關「粗手工」的概念，早在前基督時代即已建立其社會和教育的特殊意義，我們今天有必要重新加以定義嗎？不，完全沒有必要！那麼，我們一再否定的「工作」這個字眼——它向來被視爲具高貴性的字眼——是否可以用來涵蓋所有知性活動的範圍？不，當然不！我認爲目前當務之急乃是一方面盡力解決上述的社會對立關係，另一方面，在從事這件工作之際應盡量避免錯誤和一些無謂的歧見，以期順利達成目標。我們似乎應該透過對教育層次的「無產階級化」（Proletarisierung）去尋求社會的和諧，而不是無產階級的「非無產階級化」（Entproletarisierung）。

然而，「無產階級」、「無產者」及「非無產階級化」這些字眼的意思是什麼？我們在此不妨先避去討論「非無產階級化」在政治上的可行性，首先先問這些字眼所代表理論上和原則上的意義，我們先問：無產者到底是什麼？無產階級和非無產階級化指的又是什麼？

首先，無產者未必一定就是指貧窮而言，一個人可能貧窮，但未必一定就是無產者，比如在中世紀社會的階層結構中，乞丐並不是無產階級者。相對的，一個人可能是無產者，但他未必貧窮。比如工程師，他是工作世界中的專業人員，卻算得上是無產階級者。其次，我們必須分辨清楚一個概念，即無產階級的消極面向，也就是應除去的障礙，指的未必是僅限於社會的某一特定階層。因此，掃除無產階級之消極面的意思就可能會是，大家都變成無產階級化！由此可見，「無產階級主義」的問題並不能經由把每個人都無產階級化來解決。

那麼，去成爲無產階級是什麼意思呢？我們如果把社會學方面各種有關的定義集合起來，將之歸納成爲一句話，其定義可能大致如下：成爲無產階級就是把自己束縛在工作歷程之中。

根據這個定義，所謂「工作歷程」（Arbeitsprozeβ）指的並非無休止的複雜的人類行爲，成爲無產階級並非人們導向此類活動的唯一途徑。工作是一種有用的活動，工作的意義並不在其自身，工作唯有能夠導向某種社會的共同利益，一種有用之善（bonum utile），實現某種實際的價值和需要，這時工作才具有意義。「工作歷程」則是一種具有用途目的的範圍廣泛之工作功能分配過程，經由此種過程，大家的「共同效益」（gemeine Nutzen）得以實現（「共同效益」的意思和「共同利益」不一樣，後者的涵蓋面較廣）。

那麼，將自己束縛於工作歷程之中也就是將自己束縛於「效益」的歷程裡，而且，由於此種束縛方式，工作人類的整體生命內涵因而消耗殆盡。

這種束縛的來源有許多種，其中之一可能是由於缺乏自主性，因爲無產階級乃是「靠工資吃飯的無恆產者，除了工作之外一無所有」，因此，他必須不斷出賣勞力④。另一種可能來源則是工作至上此一動力的宰制，無產階級不論有產或無產，由於全然理性的貨物生產乃人類生存的實際需要，他必須不斷投入此一生產活動⑤。第三種束縛方式，其根源可能來自於個人內在的貧乏：無產階級者的生命由於投入工作歷程而得到全然的滿足，他的視野只能及於他狹隘的工作世界，在他看來，由於工作乃是一種深具意義的行爲，因此不工作根本就不可能，而且是無法想像。

我們可以看出，上述這三種無產階級主義的形式，特別是後面兩種，基本上是互有連帶關係的：工作至上的動力來源正是起因於工作者在精神上的貧乏，因爲這種人必須從他所付出的服務所帶來的「效益」之中才能看出並理解，生命完成的理想型態指的是什麼。

由於我們談到工作歷程所帶來的束縛問題，這裡不免衍生出另一個問題：就我們所理解的無產階級主義而言，這種現象是否不單僅是限於社會中無產階級的範圍，而且也是社會所有各階層的一種共同症候？這種一般性症候的確唯獨在無產階級世界中顯露得特別清楚，但問題是，不管我們是不是無產階級——或甚至儘管政治觀點南轅北轍，我們無不隨時隨地都準備著要投入集體的勞動國家中大顯身手。因此我們不免在想，要鞏固我們的心靈去抵抗那種「極權式」教育的強烈誘惑，是否應該從更深層的意識覺醒方向著手，而不是僅僅期待於政治層次上的變革⑥？

❄

由於上面所述的論點，我們在前面所提到的「自由的藝術」和「卑從的藝術」此兩者之間的區別至此可說變得更清楚明白。誠如多瑪斯所說，「透過行動去達到效益的導向」，在古代和中世紀的人看來，可以說是「卑從的藝術」

之主要特徵。那麼由此看來，無產階級主義則無異於是「卑從的藝術」領域中狹隘的存在和活動方式——不論這種狹隘是出於缺乏自主性、工作至上動力的驅使或是精神上的貧乏。「非無產階級化」正好可以拓寬人的存在領域，進而超越僅僅爲了「效益」和「卑從」的工作範圍，同時也超越「卑從的藝術」之限制，達到「自由的藝術」之境界。爲了實現非無產階級化這個目標，我認爲我們必須回到剛才的論點，做到下面三點：從薪資給付中建立自己的財產、限制政府的權力以及克服內在的貧乏。

「卑從的藝術」這個術語從今天眼光看來，似乎顯得有點討厭，然而，要否定「工作」正好具有這個特點，那無疑會是很冒險的一件事情。從虛構的角度看，工作原來並無「服務」除了其自身之外的任何目的，然而由於人在工作時企圖去完成什麼，結果就產生了相反的效果：工作的人變成再也不能「解放」和「恢復」。這種結果就是工作至上世界所帶來的非人性效果：人成爲生產過程所束縛的奴隸，我們聲稱這是人類存在意義之眞正實現。

另一方面，我們不能將眞正的「非無產階級化」和爲需要而奮鬥的現象互相混淆——這種需要的急迫性無庸贅言——「非無產階級化」設想「自由的藝術」和「卑從的藝術」之間的區別，其意義無非在於區辨「功利活動」（此種活動的意義不僅在其自身身上）和不帶「功利目的」的自由藝術，然而，鼓吹「人人無產階級化」的人不喜歡這種區別，並認定此種區別沒有根據。

譬如說，「自由的藝術」和「卑從的藝術」兩者之間的區別可以說和「酬謝」（Honorar）與「工資」（Lohn）之間的區別有關。自由的藝術受到「酬謝」，卑從的藝術則付之以「工資」。酬謝的觀念暗示著工作和酬勞之間的價值未必相等，很可能所付出的勞力未眞正得到酬報；相對的，工資是一種工作的固定酬勞（從這個意義看就與酬謝性質非常不同），指的是把工作看成像是販賣物件或商品並由此獲得一特定給付，此一勞力之付出由工資來「補償」，這中間存在著某種特定的「對等」關係。然而酬謝的意思遠超乎以下所述：酬謝提供一種支持生命的東西，而工資只能對應於某一特定工作之完成的酬勞給付，所提供的並非支持生命的東西。可是，依理想的「工作者」所形成的心態看來，酬謝和工資並沒什麼區別，沒有所謂酬謝，有的只是「工資」。尚・保羅・沙特（Jean-Paul Sartre）在他一系列寫作計劃的文章裡，其中有一篇特別談到當代作家及文學之社會功能的問題⑦，他認爲很少作家能懂得「去釐清他的作品和物質報酬之間的關係，他們不了解自己只是工作者而已，他們由於付出勞力才得到報酬。」我們在此可以看出，完成的工作和報酬之間的不對等關係，如上述所舉有關「酬謝」的概念，即使在哲學和寫詩的領域裡也一樣被否定，在他們看來，哲學和寫詩也只不過是一種「心智工作」而已。然而，從歐洲基督教世界所繼承而來的社會教條，卻還是保留了酬謝和工資之間的區別，他們認爲任何工資所代表的報酬未必見得和所付出的服務對等。這樣的教條同時也認爲有些工作的完成甚至並未獲得任何報酬，這種情況並非酬謝的概念所能規範，而且，在「卑從的藝術」之中（這肯定也是一種人類的活動），有時也會發生所付出之勞力並未獲得適當金錢之回報的情況，可見這種付出與報酬不對等的現象並非「自由的藝術」所獨有。

在此我們面臨了一個看似矛盾的情況，一個極權主義的獨裁者會這樣說，勞力付出的報酬方式必須「根據生產力，而不是需求」來衡量⑧，可是根據《四十年後》（*Quadragesimo anno*）第七十一號所說，我們讀到「首先，工人必須得到足以養活他自己和家人的工資。」[9]

由此看來，一方面有人企圖縮小自由藝術的空間，或甚至加以全面扼殺，他們強調：只有能獲得「報酬」的工作才是有意義的工作。另一方面也有人企圖拓寬自由藝術的領域，甚至想把這個觀念帶入「卑從的藝術」之中。前者主張人人「無產階級化」，後者則主張人人「非無產階級化」。

從這個角度看，在工作至上的極權國家裡，他們把所有非功利性質的一切活動定義爲「不必要的」，甚至把閒暇時間也列入此一範圍之內，那麼，我們是否也能看到在這個世界上，存在著某種不同的作息方式，在某些日子中禁止一切功利活動或「卑從藝術」的存在，爲「非無產階級化」的存在提供空間？

❄

早期社會主義重要人物之一的蒲魯東（P. J. Proudhon，此人被馬克思視爲小布爾喬亞而拒絕和他往來）以寫一篇談禮拜天慶祝的論文開始他一生的著述生涯[10]，他認爲禮拜天的設定有其重要的社會意義，他說：「僕人可以利用這一天重獲他的人性尊嚴，藉此和主人站在同一地位水平。」⑪下面引述他這篇論文裝訂成小冊子後所寫序文裡的話，可看成是眞正觸碰到了我們問題的核心：「在這些當前我們所關注的重要問題當中，比如工作和報酬，或工業組織及工廠國營等問題，由於對它們的思考，令我連帶想到另一個問題，那就是把休息理論搬上立法檯面。」⑫當然，像「休息理論」這樣有深度的問題，如果只是如蒲魯東所說，僅僅源於健康、道德、家庭以及人際關係等層面的考量，就不那麼值得小題大做，這有待更進一步討論。

我們現在就上面所說的論點歸納如下：「成爲無產階級化」的意思就是將自己束縛於工作歷程之中，要克服此種處境的關鍵——眞正的「非無產階級化」——乃在於能夠爲工作的人提供一種與工作無關的有意義活動，換句話說，爲眞正的閒暇打開另一個空間。

即使政治措施能夠拓展人們經濟生活領域，但是光從這方面去考量並不足以解決我們的問題，我們可能有許多事情要做，但眞正的關鍵還是在於：爲閒暇創造外在條件仍不夠，主要還是在觀念上能否做到「創造閒暇」（Muße zu wirken）（如同古希臘文σχολὴν ἄγειν這個詞彙所代表的，眞正的閒暇絕不含有懶惰的意思）。「這正是問題所在，經由此一活動，人的閒暇才是充實的。」

誰會想到這句話正是出自兩千多年前的一本書：亞里斯多德的《政治學》？

註釋

①有關文化上傳統價值的問題，請參閱本人所著《論傳統的觀念》（*Über den Begriff der Tradition*, Köln und Opladen, 1958）。

②《Trübner 德語大字典》（*Trübners Deutsches Wörterbuch*, Berlin, 1939），第一冊，p.118。

③柏拉圖：Theaetetus, 175e-176a。

④ Pius XI，《四十年後》（*Quadragesimo anno*），拉丁文與德文對照本，p.53。

⑤同上註，p.89。

⑥請參閱本人寫於一九三二到一九三三年間的《社會政治學論文集》（*Thesen zur sozialen Politik,* Freiburg im Breisgau, 1947），第二版。書中這些文章大多著眼於政治層次上的討論，不過以今天眼光看，就這個論點而言，似有修正之必要。生長在第一次世界大戰和第二次世界大戰之間的「年輕的

一代」，他們的最大特點就是在政治上期盼太多。

⑦沙特這句話出現在第一期的《現代時光》（*Les Temps Modernes*）期刊，後來轉載於《觀察》（*Die Umschau*）國際期刊第一期。

⑧史達林於一九三一年六月二十三日針對當時社會主義運動所發表的談話：〈經濟建設的新環境和新使命〉（"Neue Verhältnisse - neue Aufgaben des wirtschaftlichen Aufbaus"），後收入史達林所撰《列寧主義的問題》（*Fragen des Leninismus*, Moskau, 1947），p.406。

⑨*Quadragesimo anno*, p.55。

⑩蒲魯東（P. J. Proudhon）：《從公衆衛生、道德、家庭及人際關係觀點看禮拜天的慶祝》（*Die Sonntagsfeier, aus dem Gesichtspunkt des öffentlichen Gesundheitswesens, der Moral, der Familien-und bürgerlichen Verhältnisse betrachtet*, Kassel, 1850），一八五〇年，，此譯本最早於一八三九年由法文翻譯而來。

⑪同上註，p.18。

⑫同上註，序言，p.vi。

⑬亞里斯多德：《政治學》，VIII, 3（1337b）。

V

閒暇如何在最深層的意義上成爲可能，並且能夠證明其正當性？

我們不妨先再問一遍這樣的問題：如果單只是訴諸「人文」的要素，是否即可穩固奠立閒暇的基礎並加以保持下來？我要在此強調，光依賴「人文主義」是絕對不夠的。

我們可以說，閒暇的眞正核心所在是「節日慶典」，在節日慶典的慶祝活動中，三個觀念性的要素匯集一處合而爲一：輕鬆、不賣力以及「閒暇創造」取代「功能」的優勢。

如果說節日慶典活動正是閒暇的核心所在，那麼閒暇之所以成爲可能並被視爲正當，必得追溯節日慶典活動本身的源頭，這個源頭就是崇拜儀式。

以有別於過日常生活的方式去和這個世界共同體驗一種和諧，並渾然沉醉其中，可以說正是「節日慶典」的意義。要說能夠找出和世界處在最和諧狀態的方式，則莫過於「禮讚上帝」了，亦即崇拜世界的創造者。就我自己經驗而言，這種說法可能引來一些不愉快或其他各種不同的感受，但事實不容否認。最熱烈的節日慶典活動，一般而言都離不開宗教的禮拜活動或「崇拜儀式」（Kult），這種崇拜的行爲可以說正是一切慶典活動其眞正生命及根源之所在，同時所有的崇拜行爲必定離不開神，甚至像嘉年華會或是一般結婚慶典之類的慶祝活動也不例外。這類行爲並非基於任何法令規定，純粹是一種出於自動自發的必然現象。我們要再強調：從來沒有一個慶典活動的生命不是繫之於崇拜行爲的，即使這種關聯性在人類的意識中是多麼微末。當然，自從法國大革命以來，人們一直不停努力在創造與宗教崇拜無關或甚至反宗教崇拜的人爲節慶活動，比如像「布魯特斯節」（Brutusfeste）或是「五一勞動節」（Feiertage der Arbeit）均是，這類慶典活動盡其所能要表現出熱鬧的「節慶」特質，但是這種特質終究還是離不開類似宗教崇拜慶典的範圍。可見任何的節慶活動唯有和宗教崇拜行爲攀上密切關係，我們才能在其中眞正感受到一種眞實的熱烈節慶氣氛。不過，眞正帶有宗教崇拜性質的節日慶典和人爲節慶活動兩者之間的差別還是至爲明顯，前者像是根植於土地的一般樹木，眞實而自然，後者則像是五月裡的山楂樹，被連根拔起用來當做裝飾慶典的用途。當然，我們也許已經生活在一個人爲節慶時代的開端，想來這種可能性並不是沒有，比如我們（在德國）是否可能要面臨大費周章去慶祝由官方或握有至高權力的政治領袖們所制定的節日慶典？我們忍不住要懷疑，這類人爲的節慶活動「假日」是否能夠如宗教崇拜的節日慶典那樣，帶給我們和世界融爲一體的和諧感覺？還有，這種假日的危險魅力會否正是剝奪我們那種和諧感的要素？

❊

對節日慶典會是眞實的東西，對閒暇而言也一樣會是眞實的。閒暇至終以及至根本之可能性和可行性，的確是根源於節日慶典的宗教崇拜活動，這種看法絕非來自抽象觀念的想像，而是直接來自宗教歷史上的證據。「工作中休息」（Arbeitsruhe）這個觀念的意義在《聖經》上或是對古代希臘人和羅馬人而言，又如何解釋呢？簡單的講，從工作中休息乃是一種崇拜儀式：某些特定的日子或時間乃是特別專爲神而保留①。

崇拜和時間的關係，其意義正如同神廟和空間的關係，道理是一樣的。「神廟」（Tempel）這個字的字源很多，其中有拉丁文templum，在希臘文方面有temenos，最早字源是temnein，意思是「切割」。如今這個字眼的確定意思是：一個特定的實際空間被「切割」開，形成一獨立自治範圍，藉以分隔其周圍用以農牧或其他用途的土地。在這個被分隔的空間裡，一概不准居住人或移作其他任何功利用途，只能供奉神祇。這裡遂成爲宗教慶典崇拜神的地方，除了某些特定宗教節日慶典之外，大家設定一個固定間隔時間來這裡進行崇拜神的活動，除所設定時間之外，神廟裡的一切，特別是祭壇，一概不准挪作他用。時間的間隔設定爲每七天一次，「節日慶典的時間」正是根據這個設定方式而來。可是在工作至上的工作世界裡，沒有多餘的空間，沒有多餘的土地，沒有多餘的時間，大家因而無法去從事慶典或崇拜的活動：這正是「工作者」世界所賴以生存的理性功利原則。在這個工作至上的世界裡，「慶典活動」也許存在，但可能只是「工作的暫停」（其目的終究還是爲了工作），要不就是爲了工作原則本身而存在（如「勞動節」，這一樣是屬於工作世界）。當然有些「遊戲」也是會存在的，比如羅馬時代的「競技場」，然而，我們能以「節日慶典」之名來看待這類群衆的娛樂活動嗎？

我們實在看不出來有什麼方法可以避免讓「工作者」世界淪入一個貧乏荒蕪的世界，即使這樣的世界不虞物質之匱乏，也一樣無濟於事。基於效益原則的運作，「工作世界」也許能因此而繁榮存在，但卻沒有眞正的財富和盈餘。因爲一旦有了盈餘，又會再度屈從於理性的效益原則。有一句古老的俄國諺語這麼說：「工作不會讓你致富，只會讓你變成彎腰。」

相對的，即便是生活在物質匱乏的貧窮世界裡，宗教慶典的崇拜活動本質卻能帶來一個充滿富裕的生活空間，因爲節慶裡崇拜活動的重心正是「犧牲」

兩個字。什麼是犧牲呢？這是一種自發意志的表現，是一種不求回報的付出，正好與功利相反，犧牲的行爲絕不含功利要素。因此在崇拜活動中出現了一種工作世界所不能領略的東西，一種給予，一種不計較一切的付出，這也絕不是授受行爲必以買賣方式爲依歸的世界所能理解，這裡不夾帶任何功利因素，這是一種無目的的盈餘，是真正的財富：這就是節慶活動的時刻。

只有在這節慶活動的時刻裡，閒暇的世界才能真正開展並得以全然付諸實現。

然而，如果脫離了崇拜的慶祝活動及其影響之領域，閒暇就沒有多過節慶的意義。一旦和崇拜分開，閒暇就會令人厭煩，而工作也會違反人性。

這是閒暇一些次要形式的根源，這時候的閒暇不像是閒暇，反而是懶惰了（就前面所提過的，*acedia* 這個字的形上神學意義而言）。這時殺時間和煩悶無聊立時產生，閒暇不復存在，人一旦喪失了創造閒暇的精神力量，必會淪於煩悶無聊，然後「絕望」，這個「不眠不休」的姊妹，也將一併趁虛而入。詩人波特萊爾（Charles Baudelaire）在其《私密日記》（*Journals intimes*）中有一句話既尖刻又準確，深深撼動著我們，這句話這樣說：「人必須工作，如果不是出於本性愛好，必是出於絕望，因爲，正如我所努力證明過的，工作至少比娛樂更不無聊。」②

另一方面，工作本身如果被剝奪了節慶活動和閒暇，就變成違反人性，這樣的工作不管是默默的或是「英雄式」的忍受，都會是一種勉強而絕望的賣力，好像薛西佛斯（Sisyphus）永無止盡的勞力工作（譯按：希臘神話中，薛西佛斯遭天神處罰，推巨石上山，到山頂巨石復滾下，一切從頭來過，如此反覆不已，永無止息）。事實上，薛西佛斯正是「工作者」所代表的神祕意象，他們不眠不休的勞碌工作，卻從未獲得內心的滿足。

對崇拜活動的異化，甚至滿懷敵意，其極端的形式，便是將工作精神予以典型化，於是工作本身變成一種崇拜活動。「工作就是祈禱，」湯瑪斯．卡萊爾在他的文章中曾這麼說：「根本而言，所有眞正的工作都是一種宗教，任何宗教如果不是工作，那麼儘可去和婆羅門教僧侶、主張廢棄道德律的人以及回教托鉢僧等這些人混在一起。」[3]也許有人會認爲這只是十九世紀裡充滿感傷的無關緊要的論調，並未眞正代表工作狂的心態，而這種工作狂心態難道不正是今天世界即將要變成的模樣嗎？

總之，閒暇所代表的可以說是一個非功利性質，但卻是最符合人性的世界，而其最根深柢固的根源乃是節慶中的崇拜活動，其所賴以支撐的一切莫不是由此而來。

在眞正的崇拜活動其價值無庸置疑的時代，根本不必費唇舌去說明這些道理，但是到了我們這個時代，爲閒暇說明其正當性似乎已經成爲必要，而且還得從「人文主義」的層次去辯解一番。

在我們這個意見嚴重分歧的時代裡，工作至上的觀念在人性領域中取得了絕對優勢，看來似有必要動用到我們銀行裡「最後的存款」，追溯到最久遠的源頭去尋求解決之道。

如果我們單只是追溯到古代學術方面的狀況，從中尋求問題的解答，對當代而言實際上並沒什麼意義。以當前迫切狀況看，要全面性對付工作至上的觀念，至少能達到與之互相抗衡的地步，眞可說是談何容易。求之於柏拉圖顯然並不夠，甚至追溯到柏拉圖的源頭所在一樣無濟於事（我們這裡所說的意思不是指柏拉圖的「先輩」，而是指他的根源所在），即使追溯柏拉圖學院的哲學教育也是助益不大，比如探究這個世界最早的「學院」的宗教性格，繼而以嚴肅態度去對待並加以肯定，這些做法都不是那麼有效益。在這個學院中，一切與「學術」有關的事物，無論何種性質皆有其一定的定名。事實上，柏拉圖學派正是一個眞正宗教性質的組織，譬如其中一個部門即掌管當時有關崇拜活動中的「犧牲奉獻」事宜④。

我們不免納悶，在當時而言，「純學術」這個概念的一般性意義是否早已淪爲代表無用、無關宏旨及不眞實等意思，以致 *schola*（閒暇）這個字眼的宗教崇拜原始意義遂被遺忘，進而造成我們對「純學術」的意思產生一種天馬行空式的不務實際看法，以爲指的就是「繆思神殿」或「聖骸殿堂」？總之，歌德即是抱持此種看法，比如他在批判他那個時代的古典主義時，就說所有「古代的發明」都只是一種「宗教信仰的問題」，這些東西在他當時看來，只是爲幻想的目的所衍生出來不切實際的模仿行爲而已⑤。

再次強調，在我們的時代若想在前述立場的基礎上去爲閒暇辯護，已然顯得不切實際。閒暇的領域離不開一般文化的領域，在這種情況之下，閒暇所代表的意義必然遠超過「工具與目的」的考量。同時文化又是離不開「崇拜」，所以如果要整體性去思考有關閒暇的問題，勢必非得回頭去探索這層最初的關係不可。

我們可以在柏拉圖的偉人著作中看出相同的意義，在柏拉圖看來，閒暇起源於節慶的崇拜活動，「繆思」（藝術創造活動）一樣源自崇拜活動，此兩者結合成爲美妙而神祕的意象，「以節慶方式和衆神溝通往來」，人因此而重獲自身尊嚴，並重新挺立於天地之間。

那麼，我們現在該怎麼做呢？有人可能會問。

本文的目的不在於提供任何行爲的方針，只在於激發反省思考，我們眞正的意圖在於爲一件重要而迫切的事情提供小小參考意見，然而，我們可能由於日常生活迫在眉睫的雜事繁多，竟把這樣的事情疏忽了。當然，本文的寫作目的畢竟也不是爲了一時的實際需要。

在下結論之前，我們可以表達某種確定的希望，因爲我們所談論的題目不在於能否期待透過行動去實現什麼，而在於能夠提供希望的契機。我們要努力去重新獲得眞正的閒暇空間，並藉此建立正確的閒暇態度及正確「運作」閒暇的方式。這中間眞正困難的地方在於閒暇的最根本源頭並非存在於我們的意志行動之內，更確切的說，我們能否和世界全然和諧相處的基礎並不是奠立在我們的意志決定之上。我們尤其不能指望單單只是爲了外在目的而去追求閒暇，有些事物我們不能以「爲了……」（damit……）或「藉此……以……」（um……zu）的方式去完成，我們要不是什麼都不做，要不然就是根據事物本身的意義去做。當然醫生會說缺乏閒暇人會生病，然而，若單只是爲了健康的理由，我們不可能眞正得到閒暇，在追求閒暇這件事情上面，這樣的邏輯不僅不合適，而且根本就行不通。閒暇絕不是手段，我們如果用這種態度看待閒暇，閒暇就不可能實現，即使把閒暇當成是「拯救西方基督教文化」的手段，一樣行不通。我們禮讚上帝的崇拜活動除非是基於此一活動自身的目的，否則便不具意義，因此，和整體世界取得和諧的這種最高貴的形式，可以說正是閒暇最根深柢固的根源所在。

※

如今我們的希望首先導向以下這點：從四面八方所顯示的跡象看來，重新喚發崇拜的意義是可以做得到的，這樣的論調並不自欺欺人。如果我們只是從人性的基礎去期待另一種新的眞正的崇拜，似乎不可能。崇拜活動是一種自然的行爲，起源於舊時神聖的制度（這當然也包括了我們所談到的柏拉圖的觀念），如果我們訴諸於這些現成的和已經建立的制度，有可能會喪失力量，但也有可能增添新的力量。唯獨此一方式才是我們希望的寄託所在（比如說不去重建古代的崇拜方式，也不去創造另一個新的），要是有人不願意認同這個希望（不抱希望經常會有許多可以自圓其說的理由），或是有人看不出有何值得希望之處——那麼，我只能說，在我們探索的範圍之內，無法接納這樣的看法，我想強調的是，這一看法應無庸置疑。

崇拜本身一直都是存在的——或者根本從未存在過。我們無須爲它設定基礎或安排什麼。對基督徒而言，這個事實是顯而易見的：在耶穌基督之後，只有一個，而且也是最後一個眞正具有意義的崇拜儀式，那就是基督教會的聖事犧牲奉獻儀式（在此順便一提，對純粹「宗教歷史」的學生而言，不管是不是基督徒，在整個西方世界中，他所能接觸到的眞正崇拜儀式，就數這個基督宗教的崇拜儀式了）。

❄

這是基督宗教崇拜儀式的特有現象，犧牲和聖事不能分開⑥。一方面，基督教的崇拜儀式是「犧牲」，這種崇拜儀式的進行帶有相當的創造性，而其最高肯定和完成的形式則是神人一體的形式，這樣的崇拜儀式充滿永恆性的價值，其範圍無限闊大，以致於一星期中的每個日子，在以前的拉丁文就稱之爲 feria（瞻禮日）：意即禮拜儀式和節慶日已經沒什麼區別了⑦。另一方面，基督教的崇拜儀式同時也是「聖事」，其進行方式猶如具體的視覺符號，只有在這時候，當儀式的聖禮特質充分展現，聖禮的符號清晰可見，這時基督宗教崇拜儀式的整體內在力量就完全展露無遺了。我已說過，人處在閒暇狀態的意思，指的並不是他經由努力，克服了工作日裡工作世界的束縛，而是他自己從工作中「引開」。這種現象正是基督教聖事儀式中聖禮視覺意象所代表的意義：人得以「神馳」，然後被「引開」。這絕對不是一廂情願的浪漫主義式詮釋，基督教會本身即使用過類似字眼來形容這種「道成肉身」現象：ut dum visibiliter Deum cognoscimus, per hunc in invisibilium amorem rapiamur——這句話大意是說，透過此一原初聖事的具體形式，我們得以「神馳」，進而進入一個無形的愛的世界。

因此，我們的希望是，在節慶的崇拜活動中，藉著聖事具體視覺意象的展現，人類「生而勞碌」的觀念得以具體轉化：從每日工作的勞碌轉到漫無止境的節日慶典活動，從狹隘的工作環境中體會神馳的境界，進而走入世界的核心。

註釋

①《古代文化與基督教百科全書》（*Reallexikon für Antike und Christentum*, Leipzig, 1942—），〈工作中休息〉（"Arbeitsruhe"），col.590。

②波特萊爾（Charles Baudelaire）：《私密日記》（*Journals intimes*, München, 1920），p.42。

③卡萊爾（Thomas Carlyle）：〈工作，然後不絕望〉（"Arbeiten und nicht verzweifeln"），p.21。

④請參閱赫曼・烏色諾（Hermann Usener）所撰〈科學工作的組織〉（"Organisation der wissenschaftlichen Arbeit"），收錄於《報告與論文》（*Vorträge und Aufsätze*, Leipzig-Berlin, 1914），p.76。

⑤見一八一四年三月二十六日歌德給 Reimer 的信。

⑥多瑪斯・阿奎那（Thomas Aquinas）：《神學大全》（*Summa theologica*），III, 79, 5。

⑦約瑟夫・巴雪爾（Joseph Pascher）：《聖餐的形式與執行》（*Eucharistia, Gestalt und Vollzug*, Münster, 1948），p.266。

⑧見《羅馬彌撒書》（*Missale Romanum*）的聖誕節序言。

2

Leisure: The Basis of Culture

Josef Pieper

何謂哲思？

Was heiβt Philosophieren

哲學思索就是步出工作世界，
去和宇宙面對面互相照看。
這跨出去的一步
會導致「無家可歸」，
天上的星星
不再是我們頭上唯一的屋頂。

哲學家之所以能夠和詩人相提並論，
乃是因為他們一樣都在創造奇奧。

——多瑪斯．阿奎那

I

當物理學家提出這樣的問題：「從事物理是什麼意思？」或是，「物理研究是什麼？」此時，這是一個前置性的問題，顯然在提問或預備回答此一問題時，你並不是「在從事物理」，或者說，你不再是「在從事物理」。然而，你要是問自己這樣一個問題：「從事哲學是什麼意思？」那麼，你已經實際地「在從事哲學」。這不是一個「預備性的」問題，而是一個眞正的哲學問題，你正觸碰到哲學問題的核心。我們更進一步看：要是不觸及人的問題，我們就無法談論什麼是哲學以及什麼是哲學思索的問題，要是能做到這一點，我們才是眞正進入到哲學領域的核心部分。我們的問題，「哲學思索是什麼？」這是一個屬於哲學人類學的問題。

既然這是一個哲學的問題，意思是，我們就不可能得到一個具有永久性或是結論性的答案。一般而言，任何哲學問題的答案本質上都不會是「完美圓滿的眞理」（如希臘哲學家巴門尼德斯〔Parmenides〕所說），不會像一顆蘋果從樹上摘下來，握在手裡一樣那麼穩當可靠。稍後我們會有機會討論如何在哲學和哲學思索中建立希望的問題，但針對上述問題，要現在立即給予定義並圓滿適當的回答，是不可能的。不過，我們會在下面四節中，針對這個問題加以澄清說明。

我們首先要提出這樣一個論調：哲學思索是一種可以超越工作世界的行動。關於這個論調，我們必須先解釋什麼是「工作的世界」，然後說明「超越」指的又是什麼。

工作的世界指的是工作天的世界、效益的世界，在這個世界裡只存在著含目的性的行爲、工作的完成及功能的操作等等，這是一個供應與需求的世界，也是一個飢餓和塡飽飢餓的世界。只有一個目標主宰著這個世界：「共同效益」（gemein Nutzen）的實現。這是一個工作的世界，工作等於「效益活動」的同義詞（同時代表著活動和賣力的意思），工作的過程就是實現「共同效益」的過程，但是「共同效益」的概念並不等同於「共同利益」（bonum commune）。「共同效益」只是附屬於「共同利益」概念的一個本質要素而已；「共同利益」此一概念所涵蓋的範圍顯然更爲廣闊。譬如，多瑪斯對這個問題所規範過的，有些人投入某種「非功利性質」的默觀生活，這樣的哲學行動屬於「共同利益」，但我們卻不能說這種默觀的哲學生活能帶來什麼「共同效益」。①

當然，依我們目前這個時代的處境來看，「共同利益」和「共同效益」似乎已經越來越沒什麼區別了。問題的眞正關鍵在於，工作的世界開始要變成——至少威脅著要變成——我們唯一的世界了，其他一切都被排除在外。工作世界越來越跋扈專擅，差不多要全面主宰人類的整體存在了。

❄

我們在此要特別指出，哲學思索正是超越工作世界的一種行動。我們不妨回到原先的問題：「何謂哲思？」此一既理論又抽象的問題，突然出乎意料的變得格外重要起來。我們只要在思想上或在實際空間中稍稍移動一步，即可發現我們乃身處於正在實現「共同效益」的工作歷程世界之中，而人類的整個存在方式正被這樣一個世界所主宰著。這個世界有一條界線，很容易跨越過去，這條界線的另一頭就是工作的世界了，在這個世界之中，沒有所謂眞正的哲學或哲學思索這類東西——此一前提即說明了，「哲學超越工作世界」的說法是正確的，同時也反映了，哲學思索的本質並不隸屬於這個一切講究功利效率以及需要滿足的世界，在這個世界裡一切以「有用之善」和「共同效益」爲依歸，這和哲學的原則是格格不入的。這種格格不入的現象越是明顯，其互不相容的程度也就越尖銳。我們甚至可以這樣說，這種對立的狀況，這種來自工作至上世界的威脅，可以說正是形成今日哲學尷尬處境的眞正要素，甚至也影響到了哲學原來的特殊內涵。哲學逐漸趨於疏離，同時淪爲一種知性的奢侈品，更加令人無法忍受與無可理喻，最後工作世界的要求遂趁勢掌握了人的存在。

然而，關於哲學思索的不相容情況，對工作世界的超越，亦即在哲學思索中發生此一超越，我們不妨趁此好好加以具體說明一番。

我們先回顧一下，主宰當今工作世界的東西是什麼。首先，我們處在這樣一個世界時，從事想像力的工作似乎已成爲多餘。環繞我們周圍的最首要的事務乃是爲了求取生存，日復一日的努力工作，獲取食物、衣著、遮蔽場所及暖氣等等，然後焦慮，因爲必須努力去重建國家、歐洲以至整個世界。同時大家爲爭奪權力而不斷互相傾軋，甚至不擇手段，爲的是能夠榨取資源，爲爭奪利益而衝突不斷。到處都是緊張和負擔——這些只能透過一些倉促安排的休息和娛樂如報紙、電影或香煙等來暫時舒緩，總之，我們不必一一列舉細節來說明即可了解，我們所生存的世界像什麼樣子。我們甚至不必特別去注意那些能引發危機的極端例子，而這樣的例子在今天俯拾皆是，我們只要放眼看看四周圍每天的工作世界，我們怎樣在爲世俗的事務忙得焦頭爛額，幾至無暇去想些別的事情，這就夠我們消受了。我們在此無意以哲學的「休假世界」去責備這個世界，也不必花費唇舌去說明這個工作世界對我們有多重要，因爲這正是我們賴以生存活命的世界，沒有這個世界，誰能從事哲學行動呢？然而，我們不妨趁此順便回顧一下，在工作場所或是市場裡，我們經常可以聽到許多聲音（譬如：「你如何獲取日常生活所需？」或是「你在哪裡弄到這些的？」等等）——在這些聲音之外，突然有人大聲叫道：「爲什麼總是有這個或那個，而不是什麼都沒有？」——這是一個古老久遠的問題，也正是馬丁・海德格（Martin Heidegger）所說的所有形上學的基本問題②。相較於只知道追求需要和功利的日常生活而言，我們有必要詳細闡明這個哲學問題有多深奧嗎？如果說在面對那些講求效率和成就的人們時，提出這樣的問題而不作任何解釋和說明，那麼提出這樣一個問題的人是不是會被認爲有點……瘋了？顯而易見，提出這樣一個尖銳的對立問題，其明顯而基本的差異特質立即浮現在我們面前：顯然問這樣的問題已經大大超越日常生活的工作世界並將之遠遠拋卻在後了，真正的哲學問題總是會把人們已經習以爲常的工作觀念挑撥得無所適從。

※

然而，這種哲學行動並非此一「邁步超越」的唯一方法，一首眞正好詩的聲音並不輸給這個哲學問題，也能使工作世界格格不入：

在中途和尾端之間矗立著一棵樹，

鳥兒們唱著歌；在上帝的胸懷
圓滿的創造終於得到神聖的休息③……

像這樣的聲音在功利至上的世界聽來一定很奇怪，我們不妨再聽聽這樣的祈禱聲音：「我們讚美你，我們稱頌你，我們爲你的偉大榮耀感激你……」講究功利和效率的世界怎麼能夠理解這樣的聲音呢？戀愛中人也不隸屬於這緊密的束縛之內。還有，所有那些因經歷深刻的人生騷動而跌入生活夾縫中的人（此種人生騷動大抵會「粉碎」他們的生存環境），瀕臨死亡邊緣的人，都一樣不屬於工作世界。他們所經歷的人生騷動經驗（像哲學行動、眞實詩歌的創作以及音樂之經驗等，甚至祈禱之行爲，這些多少都必須取決於某種騷動現象）使他們能藉此體驗到另一個非功利性質的世界：他們超越了工作世界並走出去。

上述這些人類行爲的類型，由於具有接受騷動並加以超越的能力，因此互相之間遂擁有一種共通的自然特質：哲學行動、宗教行動、藝術行動以及和這個世界的特殊聯繫關係等等，遂和愛或死亡的騷動現象建立了密不可分的關係。

就我們所知道，柏拉圖即是使用相同的詞彙在談論哲學和愛，至於哲學和詩之間的緊密關係，我們在此不妨引用多瑪斯在《亞里斯多德形上學評註》一書中所說過的一句鮮爲人知的話來加以印證：哲學家和詩人之所以那麼相近，乃是因爲他們的作爲關係到「奇奧」（*mirandum*）之物，令人驚奇之物④。這句話其實並不容易掌握，因爲多瑪斯和亞里斯多德一樣，都是深思熟慮型的思想家，他們都一致反對對明顯有別的領域做浪漫式的混同，但他們對「驚奇」不約而同的認知方式（奇奧——在工作世界中是絕無可能的東西！），以及對超越能力的肯定，則說明了哲學行動和「驚奇」的緊密關係，遠遠超過和其他準確而特殊的科學關係，這個問題，我們容後再討論。

哲學行動和驚奇之間確實關係密切，因此兩者之中要是有一者被否定，另一者也必然無法蓬勃發展，結果是：在工作世界中，一切任何超越的形式和方法必定徒然無用（人的本性若是被破壞無遺，此乃必然之結果），這種情況下，宗教將無從發展，藝術也找不到立身之處，愛和死的騷動自然也就失去其深度而變得無足爲奇——此時哲學和哲學思索也就不可能存在了。

然而，若單單只發生上述情況，結果可能還不會是最壞，更壞的是經過扭曲而變成錯誤的形式，這才眞正教人擔憂。比如我們有時會看到上述那些人生經驗的僞裝展現，適足以戳破宗教的華蓋。拿祈禱這件事情來看，這時祈禱的世界不再是一種超越的世界，我們的工作世界反而假借神聖之名，將祈禱一事轉變爲是爲日常生活之機械目的服務的手段，宗教可能因此淪爲一種巫術，不再是爲上帝的榮耀作自我犧牲奉獻，反而假借神聖之名去伸展個人的權力慾望，這時祈禱的作用淪爲一種只是爲了繼續存活在「華蓋底下」的手段。進一步看，在此狀況下，愛變得更爲狹隘侷限，愛所擁有的偉大力量只得臣服於個人的自私企圖，這種自私企圖源自對抗更寬廣、更深邃世界之騷動的焦慮性自我防衛，然而，這更寬廣、更深邃的世界，唯有具備愛心的人才得以進入。此外還有一種僞造形式的藝術，一種僞詩歌，不但不能穿透工作世界的屋頂，反而淪爲屋頂內壁的裝飾彩繪，最終難免成爲某種個人的或群衆的「流行詩歌」，只能爲工作世界服務，這樣的「詩作」絕無超越之可能（顯而易見的是，眞正的哲學思索和準確特殊的科學之間的關係，比起這類的僞詩歌，恐怕還要更爲密切一些）！

最後，還有一種是僞哲學，這種哲學的基本特質是，它並不超越工作世界。在柏拉圖的一篇對話錄中，蘇格拉底問詭辯家普羅塔哥拉斯（Protagoras），他對來聽課的學生都教些什麼，回答如下：「我教導他們擬訂完善的計劃，包括如何處理私人事務，比如家務之類的事情，以及如何處理公共事務，比如在城中公共場所如何說出最得體的話語和做出最得體的行爲。」⑤這看來顯然是「把哲學當做職業訓練」的古典課程——表面上像是哲學，實則不然，因爲它並未超越。

更糟的是，許多僞裝形式結合在一起，不但未能超越世界，反而還把整個世界關閉於「華蓋之下」：他們把人性全置於工作世界底下。所有這些僞裝的形式，特別是僞哲學，可說相當惡劣，比起一般世俗之人自絕於「非日常生活之事務」，要更爲糟糕無助。有些人只是天眞不知覺把自己侷限於工作世界之內，但有一天也許會被某個哲學問題或某首詩所隱藏的騷動力量所撼動，他們開始超越了。詭辯家，或是僞哲學家，他們永遠無法帶動「騷動的」力量。

❈

我們現在不妨回到最初所設定的問題上面：當我們以哲學方式提出一個問題時，我們所提的問題已經超越這個世界了。提出問題，以及問問題的方式，在今天而言顯然已經具有某種尖銳性質，因爲今天的工作世界比起歷史上任何時代可說變得更爲跋扈專斷，我們今天對工作世界的批評並不是專門針對歷史上某個時期，乃是針對我們向來對事物本質之錯誤觀念而提出批評，如此而已。

古希臘時代哲學家泰利斯（Thales von Milet）有一次因爲觀望天空，太過專注而不小心掉入一口井裡，引起特拉西（Thrace）地區一群少女的訕笑。這件事在柏拉圖看來，可說是世俗工作世界對哲學的自然反應，恰好也可看成是西方哲學的開端。柏拉圖在〈泰阿泰德篇〉（Theaitetos）對話錄中即說過，哲學家經常是人們嘲笑的對象，「不僅特拉西的少女嘲笑他們，一般人也嘲笑他們，他們是世界的異鄉人，除了會掉入井裡，還會經常陷入許多尷尬的困境裡。」⑥

柏拉圖不僅使用一般文字來表達概念，他更擅於運用意象。他的〈斐多篇〉

（Phaidon）和〈會飲篇〉（Symposion）這兩篇對話錄中描繪一位叫做阿波羅多洛（Apollodoro）的次要角色（初看時確是如此），這個角色是蘇格拉底圈子中，雖然很熱心卻不是個引人矚目的年輕人，他的話不多，可以說是柏拉圖自己早期所曾經扮演過的那種角色。在〈斐多篇〉對話錄中，當蘇格拉底捧起毒藥喝下時，突然從人群中聽到阿波羅多洛流著眼淚說道：「大家都知道這個人和他的行事風格。」⑦在〈會飲篇〉對話錄裡，阿波羅多洛談到自己時說，多年來他一直很想知道蘇格拉底每天都說了些什麼，做了些什麼，「我每天奔波，認爲自己一直在做些什麼，可是始終還是覺得和別人一樣悲慘。」⑧現在，他則是以極巧妙的方式把自己交給了蘇格拉底，交給哲學。

在城裡，大家都稱呼他爲「瘋狂的阿波羅多洛」，除了蘇格拉底之外，他會怒責每一個人（甚至也包括他自己）。每當他談論哲學，或是聽到別人也在談論哲學時，就會以純眞的姿態讓大家知道，「他是多麼快樂，超乎筆墨所能形容。」只不過讓他遺憾的一點是，他尚未像蘇格拉底那樣眞正悟得了道理！有一天，我們這位阿波羅多洛老兄在某個場合遇見了昔日一些舊朋友——事實上，稱他爲「瘋子」的正是這些人。柏拉圖特別說明，這些都是在錢堆裡打滾的生意場上人，他們都了解什麼才叫做成功，也都「企圖在這世界上有一番大作爲」。這些朋友要求阿波羅多洛在詩人雅加同（Agathon）家宴上所聽到有關愛的辯論，能夠轉述一下，顯然這些成功的生意人並不想從阿波羅多洛口中聽到有關他自己人生或存在之意義的教訓，他們感到興趣的是別人機智和優雅的滔滔雄辯。阿波羅多洛心裡也很清楚這幫朋友不可能會對「哲學」的東西產生什麼興趣，他直截了當的說他們是多麼的可憐，「……因爲你們自以爲了不起，自認做了什麼了不起的事情，事實可不然。你們現在可能認爲我一無所有，這樣想也許沒錯，但我很清楚我的想法和你們不一樣！」講完之後，他並未拒絕把有關愛的辯論轉述給他們聽，的確，他不會沉默——「如果你們一定要我轉述，我會的。」——只是他們還是把他當成瘋子。阿波羅多洛開始敘述……酒宴（das Symposion）！我們知道，柏拉圖式的「酒宴」總是以間接演說方式說出他的思想：這時即是從阿波羅多洛口中述說一切。我們實在很難想像，柏拉圖竟會讓他自己最深奧的思想經由一位滿腔熱忱卻是涉世未深的年輕學生口中說出來，當時在場的聽衆都是一群富裕而成功的雅典商人，他們未必有心去聆聽這樣的思想，他們根本無心去認眞看待這樣的思想！在這樣的場合裡，整個氣氛顯得絕望而無奈，柏拉圖大約認爲：只有年輕的、不顧一切的對哲學的狂熱，也就是擁有眞正的哲學心靈，才能對抗這粗俗的一切。不管怎樣，柏拉圖的意思很明顯，在他眼中看來，哲學行動和工作世界是無法並立共存的。

※

然而，這種不相容的情況所帶來的結果並非全是否定的，還有另一個肯定的層面，就是……自由。就立即可見的功利角度看，哲學可說是「無用的」——這是一回事，另一回事則是，哲學並不是爲了被拿出來做什麼用途而存在，哲學只爲自身的目的而存在。因此哲學不是一種功能性的認知活動，或者應該如紐曼（John Henry Newman）所說，是一種「君子的知識」（gentleman-Wissen）⑨，本質上並非「有用」，然而卻是「自由的」。我們這裡所說的自由，意思指的乃是，哲學的認知活動並不需要功利訴說的條件，不需要任何社會功能的輔助，也不需要取決於和「共同效益」有任何關聯。從這層意義看，這種自由正是「自由的藝術」（artes liberales）所標榜的那種自由，而與「卑從的藝術」（artes serviles）互相對立，在多瑪斯看來，後者乃是「爲功用而存在，必須透過活動去取得。」⑩。長久以來，哲學一直都是所有自由藝術中最爲自由的一門學科（中世紀時代學院的「藝術系」正是今日大學裡「哲學系」的前身）。

因此，當我說哲學行動超越工作世界，或者說哲學的認知活動是「無用的」，或者說哲學是一種「自由的藝術」，指的全都是同樣的意思。上述的自由，當其適用於某些特殊科學上時，指的一定是這類科學研究引用了哲學的方法。不管是過去或現在，我們談到「學院的自由」（akademische Freiheit）之眞正意義時，一樣是針對哲學的意思而發（因爲所謂「學院的」，指的正是「哲學的」）。因此，從嚴格意義來看，當「學院的」活動由哲學方法在主導時，所謂「學院的自由」才能夠存在，這說來有其歷史上的淵源：在過去每當學院的研究不再具有哲學特性，或者換個說法，每當學院的研究被工作世界的專斷跋扈作風所壟斷時，這時學院的自由就不見了。這裡正是此一問題的形上根源所在：「政治化」（Politisierung）是其癥狀和結果。誠然，我們不得不承認，這正是現代哲學所帶來的果實！關於這個問題，我們稍後會進一步討論。

但我們不妨先就哲學的「自由」問題討論一下，以有別於其他特殊科學。我們談到哲學的自由時，毫無疑問指的是：不附屬於任何功能目的的那種自由。從這個角度看，任何特殊科學只有在以哲學方法去研究探索時，才會是眞正「自由的」，換句話說，這些科學和哲學一起分享自由，正如紐曼所說：「我要強調，一門知識只有在不涵括任何外在功利目的時，也就是說，是哲學性的時候，這時這門知識才會是眞正自由的，或者說，是自給自足的。」⑪由此可以想見，許多特殊的科學本質上都是「附屬於功利目的」，都是「經由活動來展現其功利實用之目標（此即多瑪斯所說的「卑從的藝術」）⑫。

也許我們應該更具體說明此一概念，舉例來說，一個國家的政府可以這樣說：「爲了完成我們的五年計劃，我們需要許多物理學家，以期能趕上外國在這方面領域的進步水平。」或是說：「我們需要一些能夠研究出感冒疫苗的醫生。」就此一狀況看，不管是說的還是做的，都未牴觸到這些特殊科學的本質，但是，如果有人說：「我們需要一些哲學家，他們能夠……。」他們能夠做什麼呢？他們唯一可能做的是「……證明、發展以及護衛某某意識形態……。」如果這樣說，而且這樣做，那可眞要糟蹋了哲學！同樣的說法：「我們需要一些詩人，他們……。」他們能夠做什麼呢？「……能夠以筆當劍，藉此行使國家之理性所要求的某些理想……。」如果有人眞的這麼說，那同樣也是糟蹋了詩。這個時候，詩不再是詩，哲學也不再是哲學了。

當然，我們這樣評斷並不是意謂著，一個國家公共利益之實現和哲學教訓之間完全沒有任何關係，我們只是要強調，這種關係是存在的，但這層關係並不是由所謂公共利益的執行人員來建立和規範。任何事物，如果本身具有其自身之意義和目的，或是其本身即是目的，就不可能成爲其他目的的媒介，好比一個人不能「爲了這個和那個」或是「爲了做這個和那個」而去愛一個人。

哲學所擁有的自由，這種不附屬於任何目的的特性，其實是和某些別的東西有著密切關聯的（這樣的關聯很重要，絕對有必要加以指出）：這牽涉到哲學本身的理論特質。我們知道，哲學乃是理論 theorein 或是 speculari（觀察、觀看、默觀）的最純粹之形式，以最領受性的眼光注視現實世界，在此一注視之下，唯有事物本身是決定性的，至於人的靈魂則完全領受其規定。當我們以哲學方式去觀看某一存在事物，並且以「純粹理論」的姿態提問時，也就是不觸及任何實際事物，不被任何改變事物之企圖所影響，此時便可以超越一切工具目的之上。

就這個角度看，此一理論的實現必須和一個前提互相結合。任何預設的東西一定和這個世界保有某種確定的關係，這樣的關係先行存在於某種企圖的置定或預設之前。我們如果想要全然成爲「理論的」（也就是說，純然的敏銳思索，完全不摻雜任何些微的改變事物之企圖，另一種相反情形，企圖以事物之現況爲基礎去表達意志的「是」或「不是」，這時則是導向對存有的知識的表達）——就純粹意義看，只有當一切事物，這個世界，是超越在我們之上，而且不單只是人類活動的範圍，不單只是一種未加工物質，這時我們的眼界才有可能是「理論的」，我們才能在最圓滿的意義之下，「理論地」去看這個世界。這時候，在我們眼中看來，這個世界是一個值得尊敬的對象，然後，以嚴格意義看，也是一個值得「創造」的東西。只有奠立在此一「純粹理論」的基礎去看事物，我們才能眞正觸碰到哲學的本質。因此，這樣的關聯可說既深邃又親密，只有如此，哲學行動和哲學本身的存在才眞正成爲可能。無庸置疑的是，要是我們把哲學和世界的這層關係或這個關聯移去（比如把世界看成是一種創造而不是未加工物質的這種關聯）——如此一來，哲學的眞正理論本質就會慢慢遭到破壞，還有哲學的自由和超越功利的性質等均會蕩然無存，最後連哲學自身都不再存在了。

從法蘭西斯・培根（Francis Bacon）以降，到笛卡兒（Descartes）以至馬克思（Karl Marx），哲學所走的正是這個路線。培根曾說過：「知識就是力量。」他認爲所有認知活動的價值乃依賴於是否能提供人類生活以新的發現和支持⑬。笛卡兒在他的《方法論》（*Discours de la Méthode*）一書中更設定一種辯證式哲學綱要，以一種新的「實用的」哲學去取代舊的「理論的」哲學，他認爲透過此一方式我們才得以成爲「自然的主人」⑭。這個路線一路發展到馬克思的至理名言，在馬克思之前，哲學的主要工作乃在於解釋這個世界，但他卻說現在哲學的工作乃在於改變這個世界。

這實在是一條哲學自我毀滅的道路：經由破壞哲學的理論性特質，繼而由此把這個世界看成是人類活動的未加工物質。我們一旦不再把這個世界看成是一種創造，「理論」的本質就不再具有任何意義了。隨著「理論」的式微，哲學的自由不得不跟著銷聲匿跡，緊跟而來的則是功能至上，一切以「實用」爲依歸的注重社會功能的觀念，然後把哲學推向成爲具有工作性質的哲學，依然稱其爲「哲學」。我們的論題（其所欲表達的觀念至此可說已至爲明顯）則主張：哲學行動的本質在於超越工作世界。此一論題包含了哲學的自由和哲學的理論特質，但我們絕不是要否定工作的世界（事實上，工作世界還是一樣不可或缺），我們主要是想強調，眞正的哲學乃是奠立於一種信念上面，認爲人的眞正財富並非在於需求的獲得滿足，也不在於「成爲自然的主人」，而是在於能夠了解「事物的本質」（was ist）——整體性去了解「事物的本質」。古代的哲學認爲我們所能獲得的至高成就是：在我們的靈魂之中能夠掌握到眞實事物的整體秩序⑮——這樣的觀念由基督徒的傳統繼續發展成爲一種無上至福的境界：「上主看見一切，那些仰望上主的人，有什麼看不見的？」⑯

註釋

①《名言集錦評註》（*Sentenzenkommentar*），第四版，二十六章，一、二節。

②見馬丁・海德格（Martin Heidegger）所撰《什麼是形上學？》（*Was ist Metaphysik?*）（法蘭克福，1943），p.22。這樣的論調並不新穎，萊布尼茲（Leibniz）早已如此質問過：「為什麼總是存在某物，而不是什麼都沒有？」（Pourquoy il y a plustôt quelque chose que rien？）見萊布尼茲的《哲學論文集》（*Philosophische Schriften*）（Darmstadt, 1965），第一冊，p.426。另外也可見Anna-Teresa Tymieniecka 所撰《為什麼存在著某物而不是什麼都沒有？》（*Why is There Something Rather Than Nothing?*）一書（荷蘭，Assen, 1966）。

③見懷思（Konrad Weiss）所寫〈瞑府〉（In Exitu）一詩，最早出現於《希臘女巫》（*Die cumäische Sibylle*）詩集（慕尼黑，1921）。後來又收入懷思的《詩集，1914-1939》（*Gedichte*, 1914-1939）（慕尼黑，Kösel 出版社，1961）。

④《亞里斯多德形上學評註》I, 3。

⑤柏拉圖對話錄〈普羅泰哥拉篇〉（Protagoras），三一八節。

⑥柏拉圖對話錄〈泰阿泰德篇〉（Theaetetus），一七四節。

⑦柏拉圖對話錄〈斐多篇〉（Phaidon），五九節。

⑧柏拉圖對話錄〈會飲篇〉（Symposion），一七二節。

⑨《一個大學的理念》（*The Idea of a University*），第五章，第五節。

⑩《亞里斯多德形上學評註》，第一章，第三節。

⑪《一個大學的理念》，第五章，第五節。

⑫《亞里多斯德形上學評註》，第一章，第三節。

⑬見《新工具》（*Novum Organum*），第一章，第三節及第八一節。

⑭見《方法論》（*Discours de la Méthode*），第六章。

⑮見多瑪斯的《真理問題論辯》（*Quaestiones disputatae de Veritate*），第二章，第二節。

⑯同上註，多瑪斯所引用教皇葛雷哥萊（Gregory）所說的話。

II

那麼，接下來就是：任何人只要能夠從事哲學思索，他就能夠往前跨出一步，超越工作世界和工作世界中的日常俗務。

我們說往前跨出一步，意指這一步要邁向那裡，而不是這一步要從哪裡邁起。我們必須進一步問這樣一個問題：當哲學家已經超越工作世界之時，他要往哪裡走呢？顯然這時他已經跨越了一個界限；這條界限的另一邊又是一個什麼樣的境界呢？發生哲學行動的地方和由於哲學行動而超越了的以及遺留下來的世界，此兩者之間的關係如何呢？是否一個爲「眞實的」世界，另一個則是「不眞實」的工作世界？「整體」和「部分」形成爲對立的局面嗎？「眞正的現實世界」和外表的影子世界也是對立的嗎？

不管我們如何詳盡回答這些問題，不變的事實是，這條界線的兩邊領域，工作世界和「另一個領域」——以哲學行動去超越工作世界的那個領域，這兩個領域都一樣是屬於人的世界，這是一個結構極其複雜的世界。

因此，我們的下一個問題是：「人的世界之本質是什麼？」——我們如果忽略人性的要素，就勢必無法回答這個問題。

要清晰回答這個問題，我們必須回到起點，從最根本的地方著手。

任何活著的生物都會形成一個世界：存在並生活於「他們的」世界之中。去生活的意思就是去「處在」一個世界之中，但是，一個石頭難道不也是「處在」一個世界之中嗎？任何事物難道不都是「處在」世界之中嗎？我們若說石頭是無生命的，難道不也是伴隨著以及擺在世界上其他事物之中而存在著的嗎？「在……之中」（in）、「伴隨著」（mit）、以及「在……之旁」（neben）都是介系詞，是連接兩邊關係的語彙，但是，石頭與它所「身處」的世界以及所「伴隨」和「在旁邊」的事物並未有什麼眞正的關係。所謂的關係，一定是一種內在和外在的連結狀態，所以任何關係的產生首先必須存在著一個稱之爲「內在」（das Innere）的東西，這是一個有機的中心點，是所有一切活動的來源之處，然後也是一切經驗的回歸之處。因此，「內在」（就其本質意義看，一個石頭的

「內在」指的只是其內部空間之結構而已）——具有和外在世界產生關係的能力，具有「內在」就是擁有建立關係的能力。那麼，我們的「世界」又如何呢？道理是一樣的，世界可以看成是擁有許多層關係的場域，只有生物才擁有進入這些關係的能力，只有生物才眞正擁有「內在」，擁有一個「世界」，總之，只有生物才能存在於關係的場域之中。我們在此不妨比較路邊鵝卵石和植物生長現象來說明這層道理，路邊的一堆鵝卵石並不存在於關係的場域之中，反之，一棵植物在其根部四周圍尋求賴以生長的養分，這之間即產生了關係。我們在此不僅有到了一種客觀事實的現象，而且也看到了眞正關係之建立的現象（最原始且是最活潑的關係之建立）：養分融入植物的生命軌道之中——進入植物的內在部分，進而產生了交融的密切關係。所有這些——所有這些由植物所具有的產生關係之能力去加以吸收——這形成爲一個植物的關係場域，或者說，一個世界。因此，植物擁有一個世界，鵝卵石則否。

我們由此歸納出第一點：「世界」是一個關係的場域，擁有一個世界的意思就是，身處在一個關係場域之中並成爲這個關係場域的一分子。第二點是：

任何生物其「內在」水平越高，換句話說，其進入關係的能力越豐富和越強勁，那麼，屬於此一生物的關係場域也就越寬廣和越深邃。我們因此可以這麼說，在現實世界的階層分級之中，任何生物所處的位置越高，那麼其所擁有之世界的水平也就更廣更深。

植物所屬的是一個最低層的世界，因爲它所接觸的關係世界並不超越其自身的狹隘範圍，動物的層級顯然更高，因爲其所接觸的空間範圍更廣泛，進入關係世界的能力也就更強。動物的關係能力更強乃是因爲牠們擁有感覺能力，對事物具有感覺能力比起植物而言，自然要超越許多：擁有感覺能力，這是進入關係場域的一個全新模式。

動物雖然擁有感覺能力（可以用耳朵聽和用眼睛看），但卻未必能夠感受其所處世界中的一切事物。向來大家認爲具有視覺能力的動物能看到其環境中可以被看到的一切事物，事實上這種看法並不對。我們必須知道，像這樣的環境，一個可以被感知的環境，仍然不是一個「世界」。這是生物學家烏埃克斯庫爾（Jakob von Uexküll）對環境現象深入研究之後所下的定論，在那之前，烏埃克斯庫爾說「大家都認爲所有具有眼睛的動物所看到的東西都是一樣的」①，事實不然，「動物所生存的環境並未涵蓋所有自然界，反而像是一間傢俱齊全的狹隘公寓。」②舉例來說，我們不妨想像，當一隻蚱蜢出現在一隻烏鴉面前之時（蚱蜢可是烏鴉最理想的食物），或者更確切的說，一隻蚱蜢出現在一隻烏鴉的視線之內時，眞實情況絕不是如我們所想像的樣子！烏埃克斯庫爾說：「當蚱蜢靜靜地坐在烏鴉面前時，烏鴉根本什麼都看不到……我們起先可能以爲烏鴉早已很熟悉蚱蜢坐著不動的形狀，由於草葉的阻礙而無法辨認，如同我們無法在複雜的圖畫中分辨出某一確定意象，只有當蚱蜢跳動時，其形狀才從周圍的保護色「解放」出來——我們可能都這麼認爲。但經過進一步研究之後，才知道事實上烏鴉連蚱蜢坐著不動的形狀都無法辨認，只有在對方動了之時，才有所感覺。這說明了許多昆蟲的「裝死」現象，乃是透過靜止狀態來躲避掠食者的感官世界，只要靜靜躺著，就能安全地逃避對方感官世界的搜尋，對方再如何努力也找不到牠們。」③

這種特定的自我保護方式，可說全然適合於動物的生存法則，但此類動物卻也因此只能生存於侷限狹隘的空間（根本跨越不得——即使牠想去尋找什麼也是枉然，就算牠具有極優良的搜尋器官，能搜尋到什麼事物，對牠們賴以生存的特定狹隘生存空間而言，亦是毫無用途）。這種由於個體或物種的求生需要所決定並加以侷限的特定現實世界，烏埃克斯庫爾稱之爲「環境」（Umwelt），以有別於「周圍」（Umgebung），當然，更有別於「世界」（Welt）。就動物而言，牠們的關係場域並非其「周圍」，亦非其「世界」，而是其「環境」，就此一特殊意義來看，所謂的「環境」便是一個不完滿的世界，是一個特定的狹隘空間，居留其間者固然安全適當，卻被侷限了。

※

有人也許會問，上面所述和我們的主題「何謂哲思？」有什麼關聯呢？當然有關聯，而且這個關聯慢慢就要顯露出來了。我們於前文曾談到人類生存世界的問題，現在可以套用在烏埃克斯庫爾有關環境的概念上面，換句話說，人類的世界「比起動物的感官世界，實在並沒有太大的區別」（烏埃克斯庫爾如是說）④簡單講，人和動物基本上是一樣的，都侷限在他們狹隘的生活世界，也就是說，都受限於生物性的特定局部環境，人無法感受超乎他們環境之外的任何東西，「即使想去努力找尋什麼也是枉然」（就像烏鴉在尋找蚱蜢那樣）。有人也許會問，既然人那麼受其環境所侷限，那麼自我拘束，他如何能夠從事環境之本質的科學研究呢！

我們無須在這個問題上大費口舌，不妨先將此一問題擱置一旁，然後提問另一個問題，因爲既然我們的討論焦點乃集中在人及其所附屬的人類世界上面，那麼人類建造關係的能力如何？這種能力的本質是什麼？其力量如何？我們上面曾談到動物的感知能力，比起植物，無疑要超越許多。那麼，人的情況又如何呢？人的特殊認知方式——過去許多世代以來，這種方式我們名之爲「精神的」或是「知性的」——是否爲更上乘的自我建造關係模式，本質上大大超越了植物和動物世界？還有，這樣極不同的建立關係的力量，能否和不同的關係場域（比如不同大小的世界）並行不悖？要回答這類問題，我們不妨轉向西方哲學傳統。西方哲學傳統向來把人的精神認知行爲看成是，人和整體存在事物之間在建立關係時，他展現自我力量的格局。這種力量展現的特徵不是外在的形式表現，而是對於該力量的一種本質的確定，一種定義的闡明。「精神」（Geist）就其本質而言，並非特別表現在其非物質性的特徵上面，而是某種原始而基本的特質之展現：具有和存在事物之總體建立關係的能力。因此，精神指的乃是一種建立關係的能力，是那麼的無遠弗屆和具有廣泛之包容力量，涵蓋它所指涉的整個關係場域，並且遠遠超越了其自身環境的界線。由此看來，精神的眞正本質不僅其自身擁有關係場域的「環境」，而且也擁有一個「世界」。那麼，具有精神性的生物很自然就能輕而易舉的越過自身環境的「限制」和「門檻」，然後通向另一個「環境」（在此當然立即出現了自由和危險兩樣東西，這是精神生命按其本質直接繼承者）。

亞里斯多德在其《論靈魂》（*De Anima*）一書中曾這樣說道：「現在，我們要總結有關靈魂的論調，我們可以這樣說，基本上，靈魂指的乃是一切存在的事物。」⑤這句話後來成爲中世紀有關人類學現象的中心論點：就某種意義言，靈魂指的乃是一切事物（anima est quodammodo omnia）。我們說「就某種意義言」，意思就是說，如果靈魂透過認知行爲去和整體世界建立關係，那麼靈魂就是「一切事物」（所謂「去認知」，就是去和被認知的對象合而爲一——即使尚未了解去認知的細節爲何）。多瑪斯在《論眞理》（*De Veritate*）中也這樣說，精神性的靈魂，論其結構，主要乃是去「面對一切事物」（convenire cum omni ente）⑥，也就是去和存在的一切事物建立關係。「一般生物只能局部分享存有，但具有精神性特質的生物則能整體掌握整體存有」⑦。只要精神存在，「一切存有的完整性即能以單一本性呈現出來」⑧。這正是西方哲學傳統的要務：去擁有精神，去成爲精神，去具有精神性——所有這些的意思都指向進入現實整體世界的核心，去和一切存有者之總體建立關係，去面對宇宙（vis-à-vis de l'univers）。因此，精神並不居住在「一個」世界，也不居住在「自己」的世界，而是存在於整體世界——一個具有「看得見和看不見之一切事物」的世界（visibilia omnia et invisibilia）。

「精神」（Geist）和「現實世界之總體」（Gesamtwirklichkeit）——這是兩個可以互通的詞彙，而且互相配合，你無法「擁有」其中一個而缺少另一個。我們在此要順便特別提到一本書，即葛倫（Arnold Gehlen）所寫的《人在世界中的本質和地位》（*Der Mensch: Seine Natur und seine Stellung in der Welt*）一書。他在這本書中提出一個觀念，他說，我們可以賦與人類超越其環境的能力，人可以擁有「世界」（不單只是「環境」而已），不必涉及人的精神性特質，更甚者，他更強調（人擁有「世界」而不單只擁有「環境」）這層事實和另一層事實（人具有精神性之事實）無關。這樣的觀念和我們前述烏埃克斯庫爾的觀念可說互相對立的，葛倫認爲人類並非受限於環境之中，他對整個世界自由開放著，他具有無限的可能性，而且他還更進一步認爲，人對世界的自由開放和動物的侷限於自身環境，其間之差異並非取決於「精神性的特質」。然而，葛倫可能忽略了，「擁有世界」的這種超越能力恰恰正是精神本身，就定義而言，精神的意思就是去領悟整個世界呀！

對古代哲學而言，比如柏拉圖、亞里斯多德、聖奧古斯丁及多瑪斯等人的哲學，「精神」和「現實世界之總體」這兩個詞彙之間的連結關係是那麼的緊密和深邃，以至於我們說「精神和存在事物之總體息息相關」，或是如早期哲學家所說「一切事物在本質上皆離不開精神」，兩種說法都可以成立，只不過關於後者，我們至今仍很難用文字語言去加以明確說明。因此，從某一方面看，精神的本質乃是其關係場域包含了存在事物之總體，從另一方面看則是，存在事物之本質乃是其自身存在於精神的關係場域之中。進一步看：對古代哲學而言，「萬物皆爲存有」和「萬物皆存在於精神的關係場域之中，並與精神息息相關」，這兩種說法可說如出一轍，指的都是同樣的意思。當然，其意思並非指抽象意義的「自由飄浮」的精神性，而是一種具有深厚基礎的個人精神，同時亦具有建立關係的能力，這樣的精神性絕非上帝專有；事實上，有限的人的精神亦然。對古代的存在本體論而言，存在的事物之本質乃繫於關係場域之中，並且可以由精神性的靈魂去接觸得到。「存有」（Sein haben）和「處於精神性靈魂的關係場域之中」，此兩者指的是同一意思，而且也指涉相同的處境。古代的一個學說這樣說過：「一切存有皆爲眞」（omne ens est verum），我們似已不太記得這樣的說法了。另一個意思大同小異的學說則這樣說：「存有的」（seiend）和「眞實的」（wahr）指的是相同的概念。那麼，當我們說「事物的眞實性」

時，其中「眞實的」指的是什麼意思呢？我們說某個事物是「眞實的」時，意思就是此一事物可以被了解，其本質是可以理解的，不管是對絕對精神或非絕對精神而言，皆是如此（也許我應該要求讀者暫時先有耐心接受此一觀念，因爲目前我無法詳盡解釋這個論點）⑩。「可理解性」（Erkanntheit）和有理解力的精神可說息息相關，古代的哲學認爲存在事物的本質乃是可以理解的，可以被了解的，因此也是可以被認知的（因爲萬物皆爲眞）。當我們把「存有」和「可理解性」相提並論時，意思乃是此兩者可互換位置，其意思都是一樣的，所以當我說「萬物皆爲存在」和「萬物皆可被理解和被認知」時，指的皆爲同一意思。古代哲學還告訴我們一件事情，即事物的本質也是和心靈息息相關的（此即我們現在所談論的核心論點：「事物的眞實性」）。總而言之，我們可以把所談論的歸納爲：和精神性生物息息相關的世界乃是一個存在事物之總體，因此，這層關係一樣屬於精神之本質，而精神本身則是理解事物之總體的一種力量，但同時又是屬於存在事物自身的本質：「存有」的意思就是「和精神發生關係」。

❄

這時，展現在我們面前的，是一系列的「世界」：最低層的是植物世界，在空間上受限於所毗連的環境。超越這個之外的則是動物的領域，最後，超越這一切有限範圍的是和精神息息相關的世界，這是存在事物之總體的世界。這種不同等級世界和不同關係場域的劃分，可以說吻合了不同的建立關係之能力的等級劃分：建立關係之能力越強大，那麼其所能涵蓋的關係場域，或是「世界」，也就越寬廣。我們現在要在這一雙層結構中再加上另一第三個結構要素，更強大建立關係之能力，必然對應著更高水平的內在性。具有更高「內在性」的人，他所擁有的建立關係的能力必然更強；低層形式的生命不僅其建立關係之能力薄弱，其「內在性」也同樣屬於相當低的水平；相對而言，精神所展現的現象就迥然不同，精神將其建立關係之能力導向存在事物之總體，因此必然擁有一個極具力量的內在。一個人要是擁有能夠極廣泛的和客觀事物之世界建立關係的能力，那麼，他內在的穩定性勢必也就更爲堅固。同樣的，就精神的現象而言，若能達到顯著不同的世界層次，亦即通向整體性，那麼就能達到內在性所建立的最高境界。這兩種情況可說皆涵蓋了精神的本質：不僅涵蓋了個人和世界之「整體」及「現實世界」之間的關係，基本上亦涵蓋了個人自我生活的至高能力，個人自我生活之能力包括有自處、獨立及自主等之表現——這正是西方哲學傳統中所謂的「位格」或「人格」：擁有一個世界，並且和存在事物之總體建立密切關係——只有當「自我建立」完成時，這樣的情況才可能發生：不是「什麼」（Was），而是「誰」（Wer）——一個「自我」（Ich Selbst），位人格者（Person）。

我們現在不妨回頭看看我們所走過的道路，然後趁此回到我們起始時所提的一些問題。有兩個問題，一個是切身急迫的，另一個則較爲遙遠。第一個問題是「人的世界是一個什麼樣的世界」？第二個問題是「何謂哲學思索」？

在我們重新進入前面的討論之前，我們似有必要再稍事探討一下和精神有關的世界之結構。顯而易見的是，和精神有關的世界較之和精神無關的世界，就其空間外貌而言，基本上並無太大不同（當我在前面提到「環境」和「世界」之不同時，並未提到這一點），和精神有關之世界的建立，不僅取決於存在事物之總體，而且還包括了「存在事物之本質」。動物之所以只能生存於一個侷限的世界，主要乃是因爲事物之本質隱而不顯，藏匿於其所生活之世界背後，因此只有當精神能夠取得事物之本質時，精神才能理解事物之總體。這樣的關聯在古代有關存在之本質的教條中已說得很清楚，所謂的「宇宙」（das Universum），如同事物之本質，都是具「共相」（universal）的。多瑪斯即如此說過：「因爲知性的（或精神的）靈魂能夠掌握共相，因此這樣的靈魂具有無限之能力。」[11]任何人只要能夠掌握共相，即能洞悉存在事物之本質，而此一本質所代表的即是存在事物之總體。就知性的理解而言，只要能抵達「前哨」，那麼宇宙的全景就能盡收眼底。即使我們現在對我們所談論的內容只是稍微點到而已，但卻已足夠讓我們進入對存有、認知以及精神的哲學了解的核心。

現在，我們回到前面所提問的問題上面，我們先看切身急迫的首要問題：

「人的世界是一個什麼樣的世界？」人的世界和精神有關聯嗎？答案必然是，人的世界是一個整體性的現實世界，人生活於其中，和存在事物之總體面對面，亦即和宇宙面對面（vis-à-vis de l'univers）——但條件必須是，人具有精神性！然而，人卻不是純粹的精神，他是一種有限的精神，所以對他而言，事物之本質和事物之總體並非能夠全然加以掌握理解，只能加以「期盼」或「希望」（auf Hoffnung hin），我們將於下面第三節再仔細談論這個問題。

首先，我們先研究人不是純粹精神這層事實，當然，我們可以用許多不同的語調來陳述此一事實。有許多人，不管是否爲基督徒，經常會以遺憾的口吻談到人不是純粹精神這層事實，有時會以無奈的暗示口吻說「當然，人並不是純粹精神，不過眞正的人類畢竟還是具有知性的靈魂」。然而，西方古典哲學傳統並不是用這樣的角度來看這個問題，多瑪斯用很尖銳的觀點提出他的反對看法，這樣的看法極少人知道，他首先說：「人類的目標乃在於獲得近似上帝的完整性，只有當靈魂一旦脫離身體而存在時，就變成無形的，就比身體本身更爲接近上帝了，因此靈魂的至終狀態必須是脫離身體而存在的。」整個神學體系始終在爭論這個論調，即認爲眞正的人類就是靈魂。多瑪斯如何提出他的反對看法呢？他接著說：「靈魂和身體結合在一起比分開更爲接近上帝，因爲靈魂只有和身體結合一起時才能完美擁有其自身之本質。」⑫這樣的看法並不易理解，但其論調無非在說明，不僅人類是一種身體的存在，靈魂本身亦然。

如果上述說法成立，如果人本質上「並不只是精神」，如果人並不依賴某種「否定」，或基本上與他自身本眞的自我是分離的，那麼，相反的，他在積極意義上是植物、動物以及精神性生物等各個不同領域的結合體——這時候，人就是必然和存在事物之總體，亦即存在事物之整個宇宙，面對面生存著。在這種情況之下，人的關係場域是一種「世界」和「環境」的相互重疊現象，以符合人性的本質。因爲人不只是純粹的精神，他不能只生活在「星空底下」，不只是「和宇宙面對面」而已，他必須頭上頂著一個屋頂，他在日常生活中需要有值得信賴的鄰居，他需要一個感性而具體的生活世界，他必須去「適應」他的生存環境——總而言之，眞正的人類生活依然需要一個「環境」，而這樣的環境和「世界」是不同的。

同時之間，我們說人具有身體和靈魂的雙重性質，那麼精神就形成並滲透他所生存的植物性和感官的領域。拿吃飯這件事情來講，人類吃飯的行爲和動物就非常不同（且不說人的吃飯方式還要分「三餐」進行，多麼的具有精神性！）因此，精神性的靈魂是如何強烈的影響其他領域，以至有時人會「艱難困苦地生活著」（vegetiert），那是因爲他具有精神性的關係（植物或動物就沒有這個現象）。由此看來，這種非人的現象，人把自己侷限在環境之中的情況（也就是說，由於生命的迫切需要，因而所形成的狹隘世界），這種情況卻又由於精神性的侷限才應運而生。然而，眞正的人性卻是：去追求認知自己屋頂之外的事物，去跨越常規所設限的可靠範圍和日常生活習以爲常的一般存在事物，簡單講，去超越「環境」以進入「世界」，而「環境」正是由「世界」所包圍著的。

我們現在不知不覺又向前跨出一大步，逐漸接近我們前面問題的答案，我們曾這樣問：哲學思索的意思到底是什麼？哲學思索的意思是：去體驗由日常生活之迫切需要所形成的環境被加以可以撼動甚至必須撼動。如何撼動呢？被

「世界」，或者說被反映事物之永恆本質的總體世界之頻頻召喚所撼動，我們去經驗此一撼動，此即哲學行動的意義所在。簡單講，哲學思索（我們已經問過，使哲學行動能夠超越工作世界的是什麼？）——哲學思索就是步出工作世界，然後去和宇宙面對面互相照看。這跨出去的一步會導致「無家可歸」（Unbehaustheit）：天上的星星不再是我們頭上唯一的屋頂。然而，這一步會保留我們的後退空間，是開放的，因爲人不能長久這樣生活，我們必須退回原來的生活世界，我們要是想永久性去遊蕩於特拉西少女的世界（工作世界）之外，就等於是自絕於人類現實世界的領域之外。多瑪斯所說的「默觀生活」（vita contemplativa）在此所指的意思就是非只人性，且超越人性（non proprie humana, sed superhumana）[13]。誠然，人本身不只是人性而已，人會爲了永恆的目的而努力企圖超越自己，巴斯卡（Pascal）就說過，簡單的定義絕不足以說明人是什麼。

我們暫時放下這些討論，以免走入岔道而言不及義，我們不妨又回到原先問題：「哲學思索的意思是什麼？」然後從另一角度和更爲具體方式來看這個問題，當然這還得以前述論點爲基礎。我們要問，哲學問題和非哲學問題，此兩者之間的差異是什麼？我們已經說過，哲學思索的意思就是，把一個人的視野導向世界之總體性。那麼，是否哲學問題，就其顯態的和正式的主題而言，是在探討一切存在事物的總體？不！哲學問題的特殊性就在於：如果不將「上帝和世界」的主題，亦即所有存在事物總體的主題，列入考慮的話，則這個哲學問題就無從提出、思考或回答（即使尋出一個答案並非不可能）。

我們在此不妨以比較具體方式來談這個問題，我們可以這樣問：「我們此時此地正在做什麼？」這個問題可以從幾個不同角度去看，它可以是哲學性的問題，我們就這麼看吧！我們問這個問題時，這樣提問方式可能就是在期待一個有技巧性、組織性的答案。「現在怎麼回事了？」「是的，他們正在波昂高等教育協會舉辦一場演講。」這是兩個直接而只是在傳達訊息的句子，一目了然，問和答都是直截了當。不過這個問題可能以不同意義顯現，提問題的人可能不會滿足於剛才的回答。「我們現在正在做什麼？」一個人正在講，其他人在聽，聽的人「了解」對方在講什麼，因爲他們心中不約而同都有相同反應過程：整個陳述被掌握、思考、衡量、接受、拒絕或是猶疑要不要接受，然後融入每個人的大腦反應之中。這個問題期待一個來自特別學科的回答，可能訴諸於感覺反應、認同、學習、心理狀況等等的心理學，這類學科可能提供一個適當的答案。像這樣的答案只會存在於更高更深的水平範圍之中，而不會像第一個問題的答案，只是單單取決於一種組織性的興趣而已。然而，前述特殊學科的那種答案還是尚未達到總體現實世界的水平，因爲這樣的答案並未觸碰「上帝和世界」的問題。可是如果這個問題「我們現在正在做什麼？」所涵蓋的是一個哲學性問題，上述的問題就不存在了；因爲如果這是個哲學性問題，那麼這個問題必然與認知的本質、眞理的本質或甚至教育的本質等有著一個密切關聯。那麼，到底說來，什麼是「教育」呢？有的人可能會說：「人並不能眞正去教育什麼，好似有人生病被治癒了，把這個人治癒的並不是醫生，而是自然把病治好的，也許因爲自然賦與醫生治病的能力。」有的人則會說：「藉著人教導的機緣，其實是上帝眞正在教育，他從內在教導人。」蘇格拉底則會這樣說，「教師所做的，其實只是讓學習者透過回憶，從自身來獲取知識」。「並沒有所謂的學習，有的只是回憶。」⑭另外還有人會這樣說：「所有人類都面對著相同的現實世界，教育者把事實指出來，學習的人，或是聽者，必須自己去看。」

我們現在正在做什麼？發生了什麼現象？是否正在舉辦一系列有關社會組織的演講？是否可以用心理學此一學科來分析和研究某些事物？上帝和世界之間是否發生了什麼事情？

這即是哲學性問題的突出和特殊的地方，有某物隨著問題揭露出來，觸碰到了精神的本質：「與萬物在一起」（convenire cum omni ente）——與一切存在的萬物同在。你要是不能讓所有存在事物之總體——上帝與世界——進入遊戲，你就不能提問和思考哲學。

註釋

①見《自然的永恆精神》（*Der unsterbliche Geist in der Natur*）（漢堡，1938），p.63。

②同上註，p.76。

③見 Uexküll-Kriszat 所撰《在動物和人的周圍環境裡遊蕩》（*Streifzüge durch die Umwelten von Tieren und Menschen*）（柏林，1934），p.40。

④見《生活教育》（*Die Lebenslehre*）一書（Potsdom-Zürich, 1930），p.131。

⑤《論靈魂》（*De Anima*），第三卷，第八節（431b）。

⑥《眞理問題論辯》，第一章，第一節。

⑦《駁異大全》（*Summa contra Gentiles*），第三章，一一二節。

⑧《眞理問題論辯》，第二章，第二節。

⑨一九四〇年，柏林出版。

⑩參照敝人所寫《事物的眞相》（*Wahrheit der Dinge*）、《中世紀人學研究》（*Eine Untersuchung zur Anthropologie des Hochmittelalters*）（慕尼黑，1948）。

⑪《神學大全》（*Summa theologica*）I, 76, 5ad4。

⑫《神的力量問題論辯》（*Quaestiones disputatae de potentia Dei*），5, 10ad5。

⑬《四樞德問題論辯》（*Quaestiones disputatae de virtutibus cardinalibus*）I。

⑭柏拉圖對話錄〈曼諾篇〉（Meno），八五和八一節。

III

我們說過，人類的特性是，他們必須附屬於「環境」，並邁向「世界」，或者說，存在事物之總體。我們現在要更進一步指出，哲學行動的特性乃在於超越「環境」，並面對「世界」。

當然，我們在此要順便指出的是，這並不是截然二分的兩個世界，人不須脫離其一以進入其二。也不是說，有某些事物只存在於其「環境」之中，另某些事物完全不出現其中，而只存在於另一個我們稱之為「世界」的範圍之中。我們所說「環境」（Umwelt）和「世界」（Welt）這兩個概念，並非兩個截然二分的領域，所以當有人提問一個哲學問題時，他沒必要把自己從一領域移出，然後完全進入另一領域！我們在從事哲學思索時，亦即透過哲學行動去超越日常的工作世界之時，沒有必要把頭轉向另一個方向，沒有必要把眼睛從工作世界的事務上面移開——換句話說，沒必要脫離工作世界中具體而帶功利性質的一切事務——我們沒必要爲了掌握宇宙世界的本質而把眼睛望向別的地方。

沒錯，擺在我們眼前的，我們的雙手觸碰得到的，正是哲學家在注視的一個有形的世界，但是他會以一種特別的方式去探索這個世界以及這個世界裡頭的一切事物：他所要探索的是這些事物的最終本質，那麼這個問題所觸及的水平，也正是現實世界之總體的水平。哲學性問題所涉及的乃是出現在我們眼前的「這個」（dieses）或「那個」（jenes），而不是「世界之外」的任何事物，也不是「另一個世界」的任何事物，簡單講，不是超乎日常生活經驗世界的任何其他世界。但哲學性問題這樣問道：在仔細分析之下的終極意義而言，什麼是「這個」？柏拉圖就這樣說過：「眞正的問題不在於我如何對你不義，也不是你如何不義，哲學要探索的不是這個問題，而是：正義或是不義本身到底是什麼的問題，比如說，我們並不關心一個富有的國王快不快樂的問題，我們要探索的是，什麼是快樂或什麼是悲慘的本質的問題——在仔細分析之下，這些現象爲什麼會是這樣的問題。」

因此，哲學性的問題根本上即是指向擺在我們眼前的日常生活世界。然而，對提問題的人而言，擺在我們面前的世界這時就頓時變得「透明」起來，這樣的世界不再具有密度，其明顯之完整性不見了，其簡單明瞭的本質也跟著一起消失了，一切事物因而含有一種奇怪的、不熟悉的、不確定且更爲深邃的外貌。蘇格拉底提問題的時候，很清楚知道他正在抽離事物的明朗本質，這時他把自己比成一隻黃貂魚，牠的刺會逼使牠的獵物動彈不得。我們經常會說，這是「我的」朋友，或這是「我的」妻子，或「我的」房子，我們「擁有」這些或那些，但是，突然間我們會感到一陣驚惶：我們眞正「擁有」這些「所有物」嗎？而這些「所有物」眞正被「擁有」嗎？在仔細分析之下，去「擁有」某些東西，到底是什麼意思？

去從事哲學思索的意思，並非把自己從日常生活世界的事物裡抽離出來，而是重新以不同眼光去看大家習以爲常的事物及其所代表的意義和價值，但這樣做的意思並不是說，我們要以標新立異的姿態去想別人所想的，主要還是爲了以嶄新視野去看事情。實際情況是：日常生活中的事物並非處於一種分離的本質世界，爲此不易看出實在界的深刻面貌。因此，我們在日常經驗中對所遭遇事物所引發的注意力，經常總是導向其中不顯眼的部分——然而，唯有深入其內在之經驗，這才是哲學的開始：驚奇的經驗。

「誠然，以神之名，我親愛的蘇格拉底，對這一切所展現的意義，我忍不住要感到驚奇，有時甚至還要感到目眩。」年輕的數學家泰阿泰德（Theaitetos）在蘇格拉底指出他的無知並要他承認時這樣驚呼著——蘇格拉底一方面會讓人不覺落入他的陷阱，但另一方面又會適時爲對方提供幫助，這時對方經常會爲此感到驚奇，甚至目瞪口呆，理由很簡單，只因爲他會用問題引發驚奇。在柏拉圖的對話錄〈泰阿泰德篇〉（Theaitetos）之中，蘇格拉底語帶諷刺這樣回答：「是的，這正是哲學家所展現的特性，也正是哲學的開端。」在我們歷史上一個明朗的清晨，在沒有任何儀式下，這樣的思想首度表現了出來，然後成爲哲學史上一個平凡無奇的簡單概念：哲學從驚奇開始。

❋

我們說哲學思索從驚奇開始，意指哲學的「非布爾喬亞特性」（unbürgerliche

Charakter）而言，因爲去感受訝異和奇蹟，基本上是「非布爾喬亞的」（我們在此不得不暫時使用這樣一個很一廂情願的詞彙）。以知性角度看，成爲「布爾喬亞」是什麼意思呢？簡單講，指的是一個人以既堅固又緊密的姿態附著於他所生存的「環境」（由當下生活目標所決定的世界），他把這樣一個行爲當做一種終極價值看待，因而一切與經驗有關的事物不再顯得透明，同樣，一個更寬廣且更眞實的本質世界似乎亦不再存在。總之，再也沒有「驚奇」，再也無法感受「驚奇」，他的心靈變得平凡庸俗，甚至麻木不仁，他把一切事物看成「不言自明」（selbstverständlich）。那麼，這是什麼意思呢？我們的存在是一種「不言自明」的現象嗎？「觀看」這件事情是「不言自明」的嗎？一個人要是被束縛於日常生活世界中，動彈不得，他就無法提問這類問題，因爲他和感覺麻木的人一樣（像聾子一般），再也無法正常運作他的感覺，他無法擺脫日常生活的迫切需求。另一方面，能夠經驗驚奇的人，他則是感受到了這個世界更爲深層的一面，對日常生活的急切需要反而充耳不聞——在這樣一個短暫的時刻裡，他凝視著這個世界令人驚奇的意象。

因此，能夠經驗驚奇的人，必能理解自古代以來所形成的觀看存在事物的純粹形式，這樣的形式從柏拉圖以來，他們稱之爲「理論」（theoria）：一種對現實世界純然領受的姿態，完全不爲意志所左右（請回顧一下我們在第一節所談過的）。人只有對驚奇之事不視若無睹——有某物存在這一奇妙事實——這時「理論」才可能存在。不，啓發哲學驚奇的，並不是從未出現之物，反常的和聾人聽聞的現象——若然，「目瞠口呆」將取代眞正的驚奇。一個人如果需要「不尋常」的刺激才能感受到驚奇，那麼，他就是喪失對存在事物之「奇奧」（mirandum）加以正確反應的能力了。任何對聾人聽聞現象的渴求，好比披上「波西米亞裝扮」（in der Maske der Bohème），都是無可置疑的已然完全喪失體悟驚奇的能力，而這正好就是「布爾喬亞」的人性寫照。

我們可以這麼說，在平凡和尋常的世界中去尋找不平凡和不尋常，亦即尋找驚奇，此即哲學之開端。依亞里斯多德和多瑪斯看來，哲學行動和詩的創作，此兩者現象可說不謀而合：哲學家和詩人都關切「驚奇」，其原因與深化。歌德七十歲時寫過一首短詩，篇名叫做〈示意詠〉（Parabase），裡頭有一個句子這樣寫道：「我爲驚奇而存在」（Zum Erstaunen bin ich da）。等到歌德八十歲時，他在和艾克曼（Eckermann）的對話錄中這樣說道：「人類所能冀望的最高境界乃是驚奇。」（Das Höchste, wozu der Mensch gelangen kann, ist das Erstaunen.）

哲學家和詩人的這種「非布爾喬亞」特性——他們企圖保持「驚奇」之最純粹和最強烈形式——面臨一樣的危險，那就是和工作世界格格不入。對哲學家和詩人而言，和工作世界格格不入可會是一種「職業性的危險」（Berufsgefahr）（然而，一個人倒是很難以哲學家或詩人爲職業，因爲我們不可能以此維生，我們在上文業已提過）。驚奇不會讓一個人變得更精明，因爲驚奇令人警醒，而警醒的結果必然帶來騷動。任何人企圖生活在「星象」的驚奇底下，然後好奇「爲什麼有萬物存在？」這樣的問題，恐怕非得和日常的工作世界背道而馳不行，他對自己所遭遇的任何事情都會感到驚奇，那麼他勢必會很難懂得如何去料理日常生活的瑣碎雜務。

不過話說回來，有能力去體驗驚奇，這未嘗不是人性本質的最高能力之表現，這恐怕還是千眞萬確的事實。多瑪斯認爲，這層事實說明了人心唯有享見上帝才會滿足，反之亦然，人會想要認知世界的絕對基礎，爲此人才會感到驚奇。多瑪斯主要還是認爲，人首先感受到驚奇，形成了導向「至福觀見」（visio beatifica）之道路的第一步，這種至福境界可說來自於眞正觸碰到了終極原因。然而人的本性指向不能低於此一目的，因爲人還有能力去體驗到對創造的奧妙感到驚奇。

✻

一個人由於感受到驚奇而經驗到某種騷動——這種騷動，可能在剎那間喪失習以爲常的緊密而舒適的感受，我認爲這樣的騷動可能會把一個人連根拔起。騷動發生時，不僅會逼使日常生活的環境喪失其確定性（儘管並未眞正帶來什麼傷害），而且更危險的是，我們可能因而喪失立足之根基而無所適從，因爲我們這時不再是「行動者」（Handelnden），而只是「認知者」（Erkennenden）。

但令人感到奇怪的地方是，現代哲學把過去傳統將驚奇現象看成是哲學之開端的論調改變爲：「懷疑」（Zweifel）才是哲學的開端。這樣的觀念出現在黑格爾所寫的有關哲學歷史的論著之中，他談到蘇格拉底怎樣把他的學生帶向驚奇狀態的方法：懷疑狀態才是眞正核心論點所在，「這種純粹否定的狀況才是要點所在」，「哲學以困惑爲其開端，而且持續堅持困惑的狀態。我們必須對什麼都懷疑，要丟棄一切先入爲主的成見，如此才能重新創造新的觀念。」④溫德班（W. Windelband）在他那本著名的《哲學導論》（*Einleitung in die Philosophie*）一書中，曾把希臘文θαυμάζειν（驚奇）這個字，依笛卡兒的想法，譯成「在自己思想中感到困惑」⑤。關於這種「拋棄先入爲主成見」的論調，卻斯特頓（Chesterton）曾給予一句適當的評語：「一個人除了心智之外竟會丟失一切，這是一種特別形式的錯亂。」

我們想問的是，「驚奇」（Erstaunen）的眞正意義，在「拔根」之時，是否眞的會鼓舞「懷疑」（Zweifel）？難道不應該是一種更新更深的「紮根」（Einwurzelung）嗎？當然，當我們感受到驚奇時（這樣的經驗是一種覺醒，基本上是一種正面的現象，因爲我們得以從幻象中解脫過來），必然會有所失落，因爲當我們經驗驚奇時，以前一目了然的事物這時喪失了具體感和確定性，其終極價值自然而然也跟著消失了。可是無可否認的是，驚奇的感覺會挑起我們對這個世界更深刻和更寬廣的視野，大大超越我們日常生活習以爲常觀看事物的角度。驚奇的內在世界充滿神祕，其所主導之方向絕不在於挑起懷疑，而在於認識存在事物之不可思議和其神祕面紗：存在事物本身即是一種奧祕，但這樣的奧祕絕非漫無頭緒，也絕不是非理性或是一片黑暗。「奧祕」（Geheimnis）所代表的意義遠爲廣泛，至少說明著現實世界的不可理喻，其所投射的光芒是不可測量和不會熄滅的，甚至是沒有止盡的，而這正是存在事物會令我們感到驚奇的地方。

✽

我們說過哲學開始於「驚奇」，如今我們更加明白的是，「驚奇」和哲學思索之間的關係可能比我們所想像的要更爲密切一些。現在我們了解到，驚奇之爲哲學的開端，其意不只是做爲哲學的初始，甚至也是哲學思索的原理，其恆在、內在的源頭。我們說當一個哲學家去從事哲學思索時，他乃是從「驚奇冒上來的」，這樣的說法還不夠眞確——當然，他要不是從驚奇開始，他便不可能從事哲學行動。我們要強調的是，哲學行動的內在形式和「驚奇」的內在形式是合而爲一的，因此，當我們提問「哲學思索是什麼」這樣一個問題時，我們有必要先進一步仔細審視「驚奇」的內在形式是什麼。

就驚奇的本質而言，包含了否定和肯定兩個層面。就否定層面言，當我們感受到驚奇時，我們還不了解某些東西，仍尚未掌握某些東西——我們並不知道，「驚奇背後的一切到底是什麼。」多瑪斯就這樣說過：「引起我們驚奇的緣由隱而不顯。」⑥總之，我們雖說感受驚奇，卻並不完全理解這到底是怎麼回事，反之，理解怎麼回事的人，卻又未必感受到驚奇。我們不會說上帝感受到驚奇，但他對一切的理解則是無懈可擊。進一步看：感受驚奇的人不僅不理解，他甚至也相當清楚他的不理解以及無能理解這樣的事實，但這種不理解狀況並非意謂棄絕，人一旦感受到了驚奇，一趟旅程於焉展開，沿著驚奇不斷往前摸索，他也許會中斷片時，會沉默不語，但他會持續前進摸索。多瑪斯在《神學大全》一書中把驚奇定義爲「對知識之欲求」（desiderium sciendi），一種渴求認知的積極態度⑦。然後，和「不理解」（Nicht-Wissen）以及「不棄絕」（nicht Resignation）並行不悖的，則是如亞里斯多德所說，乃是「喜悅」（Freude）⑧，中世紀哲學進一步附和此一觀點：「喜悅和驚奇來自同一源頭」（omnia admirabilia sunt delectabilia）⑨。我們不妨這麼說，凡是有精神之喜悅的地方，驚奇亦必隨之而至，反之亦然，凡能感受驚奇者，必亦能感受喜悅。當驚奇帶來喜悅時，這時人的靈魂就會跟著騷動起來，開始準備去體驗新的和聞所未聞的事物。

這種「不」和「是」的連結，反映出驚奇內在的希望，一種懷抱希望的結構，而這正是哲學家和人之存在特有的本質。我們是天生的「旅行者」（viatores），我們一直「在路上」風塵僕僕，卻「尚未」抵達那裡。誰敢說他已擁有一切對他有意義的東西！巴斯卡就說過：「我們仍不是，但我們希望是。」（Wir sind nicht, wir hoffen zu sein）⑩如此看來，驚奇裡頭包含有懷抱希望的結構，而這恰恰正是人性本質的一個部分。事實上，古代的哲學早已把驚奇看成是人存在的一個特出本質，絕對精神不會經驗到驚奇，因爲否定不會進入其中，因爲在上帝身上並不存在無知。只有那些仍不能掌握某些東西的人才會感受驚奇。

動物也不可能感受到驚奇，因爲如多瑪斯所說：「動物的覺魂無法爲了認知原因而感受到困頓。」⑪因此對動物而言，那帶有希望結構的積極要素就不會發生在牠們身上，只有人因爲能感受「尙未」知道，因而才能經驗驚奇。古人把驚奇看成是人性本質的一個部分，因而會在基督論神的論辯中，提出「驚奇論證」，用以證明耶穌基督眞正具有人性。奧理略（Arius）否定基督的神性，但阿波里拿利（Apollinaris）卻持不同看法，他認爲在耶穌身上，永恆的道（天主聖言）早已取代了祂的精神性靈魂，並與其肉體結合而爲一（當然，我們在此關切的不是神學問題，我們主要還是想藉此一神學脈絡去辨明古代的存在理論，這在當時是在誓言之下說出的。）

多瑪斯也加入此一爭論，他並不贊同阿波里拿利把基督神聖化而摒除其有完整人性的「身體—靈魂」本性。他提出許多論證，其中有「驚奇論證」。他提到在《聖經》裡頭（〈路可福音〉第七章第九節）曾描述基督感受到了驚奇。這則故事是說，有一位來自卡伐諾的百夫長對耶穌說：「主啊，我並不值得您走入我的家門。」耶穌聽對方這麼說，當下驚奇莫名。如果說耶穌會感到驚奇，那麼他身上除了「天主聖言和感覺認知的靈魂」之外（此兩者特性不會感受驚奇），必定還具有使他能感受到驚奇者，此乃人的精神性靈魂（mens humana）⑫。精神性的認知能力不可能全知全能，一切事物不會是透明而可一目了然，唯一可能是讓環境，亦即現實的感受世界，逐漸慢慢透明開來，繼而讓現實世界的層次跟著展現出來……這時認知者會為此而感受到驚奇！

哲學家即擁有此等人性能力。柏拉圖在其對話錄〈會飲篇〉裡頭，透過迪歐提瑪（Diotima）這麼說：「神並不從事哲學行動，蠢者也不，因為這對無知有害。」「那麼，迪歐提瑪，我要請問，誰才是哲學家？因為哲學家指的既不是那些知道的人，也不是那些不知道的人？」然後迪歐提瑪回答我說：「蘇格拉底，事情很明顯，連小孩都懂：哲學家指的就是那些處於中間的人。」⑬這個「處於中間的人」才是眞正處於人性的領域之中，一方面因為他們不知道（不像上帝那般全知），另一方面他們又不是愚魯。但他們想去知道，他們不願意把自己束縛在日常生活的牢籠之中，當然更不願意讓自己淪於無知，同時卻又想保有兒童般輕鬆遊蕩的傾向，這些只有心中懷抱希望的人才可能做得到。

因此，從事哲學行動的人就像能感受驚奇的人一樣，大大超越在自我束縛的愚魯之上——因爲他們懷抱希望！然而，相較之下，他們卻又不如那些後知後覺的人，但至少他們懷抱希望，他們感受驚奇，他們……正在從事哲學行動。

我們特別強調懷抱希望——希望的結構之存在——這層事實適巧可用來區辨哲學和其他特別學科的不同之處。我們可以從兩方面來看這個問題，首先我們要指出的是，一般特殊學科所提出的問題在本質上至終都是可以回答的，或至少絕不是不能回答的，比方說，某種傳染病的根源我們至終總可以找出來（不知什麼時候，總會一定有最後方法出現）。就其本質而言，我們有一天一定會這麼說：「現在科學已經證明，事實是如此，而不是別的。」然而一旦涉及哲學性問題時——（「至終」是什麼意思？疾病是什麼？去知道某些事情是指何而言？人到底是什麼？）——這類哲學性問題永遠不會有最後的答案。「沒有一位哲學家能夠完全理解一隻蒼蠅的眞正本質是什麼。」多瑪斯就如此說過⑭。另外，他也這樣說過：「只有具認知能力的靈魂才能滲透事物之本質。」⑮不管如何，有沒有至終之答案並不重要，重要的是，一個哲學問題放到哲學家手上時，則其中希望存焉，此即狄爾泰（Dilthey）所說的話聽來很有意思的理由，他說：「我們如果對從事哲學行動的人要求什麼，是不會有什麼結果的，但物理學家不一樣，他是一種令人愉快的存在體，對他自己或別人而言都有用處，哲學家則像聖人，只以一種理想的形式存在。」⑯因此，一般特殊學科步出驚奇之外去追求「結果」（Ergebnissen），但哲學家則未嘗步出驚奇之外。

我們在此已經可以看出科學的侷限和範圍在那裡，也可看到哲學的價值和困惑所在。當然，居存在「星空底下」畢竟是一件很了不起的事情，但是人不可能永久地活在那兒。當然，提問有關這個世界以及事物之至終本質等問題，是有更高價值，但其答案絕不會像一般科學的答案那樣可以輕易獲得！

❄

我們現在會發現，希望之結構的否定面顯然從一開始即與哲學的概念息息相關。事實上，哲學從起頭就從未被認定為一種特殊而超越的認知形式，頂多也只是說明人企圖想了解自己之侷限的形式而已。依照傳統說法，比如畢達哥拉斯（Pythagoras）就把「哲學」和「哲學家」設定在一固定範圍，以這兩個詞彙和「智慧」（sophia）與「愛智者」（sophos）形成強烈對比：沒有人能像上帝那樣有智慧，那樣全知全能，因此我們只能說一個人是眞理的愛好者（philosophos），如此而已。柏拉圖在其〈斐多羅〉（Phaidros）對話錄篇中，曾提到蘇格拉底和斐多羅兩人之間的對話，斐多羅問蘇格拉底要如何稱呼梭倫（Solon）和荷馬（Homer）這兩位名人，蘇格拉底說：「稱他們爲智慧者，我想未免過分了一點，斐德羅，這樣的稱呼只有神才擔當得起。但是稱他們爲愛智者（philosophen），或類似的名稱，恐怕會比較恰當一些。」⑰

這是衆人皆知的故事，我們無妨視之爲一種閒談軼事，屬於修辭學藝術的範圍。但在我看來，就其原始意義而言，認爲我們不能等閒視之。

這代表了什麼涵義呢？有兩點，第一，我們並不「擁有」哲學所期待企求的知識。第二，關於這樣的知識，我們並非「偶然」得不到，亦非「暫時」得不到，而是我們根本就不能得到，我們所處的乃是一種無止盡的「尙未」（Nochnicht）的處境。

我們對事物本質的探索說明了我們對理解的要求，而理解（如多瑪斯所說）的意思就是要去認知有可能被認知的事物，亦即把一切「可被認知者」（Erkennbarkeit）轉化爲「認知」（Erkanntheit），總之，即「徹底」去認知某某事物⑱。然而，人並不可能以這樣的方式去認知任何事物，或以這樣嚴格的意義去理解任何事物。因此探索事物之本質也正是哲學問題的提出（至今人類所能歸納出來的問題），但提出問題並不代表即能得到答案。哲學的主要特質乃是一直企圖在探尋其永遠探尋不到的智慧，可這又不是說，哲學所提出的問題和其答案方面毫無關聯，我們只能這麼說，哲學所要探尋的智慧是某種令人以愛心追求的對象（ein liebend Gesuchtes），而不是某種被佔有的東西（ein Gehabtes）。

以上第一點是畢達哥拉斯及蘇格拉底和柏拉圖等人對「哲學」（philosophia）這個詞彙的詮釋，其後由亞里斯多德在《形上學》一書中加以擴大說明，到了中世紀，再由一些偉大思想家以亞里斯多德的論點爲主繼續發揚光大。舉例而言，多瑪斯所寫《亞里斯多德形上學評註》一書，即對此一論點作過獨特而深入的解析：智慧的探索乃是爲智慧自身的目的，因此智慧一物絕不會成爲任何人之所有物。至於特殊科學所探索的成果，我們則可堂而皇之加以掌握和擁有，然而這樣的成果就其本質而言，充其量也只能視之爲「手段」（Mittel）：我們從來不會爲此等成果感到滿足，我們會爲其自身目的去徹底加以探索。反觀能夠帶給我們滿意成果的，也可能以其自身之目的去探索，但其基礎卻經常只是希望的給予而已，多瑪斯繼續說：「只有智慧才以其自身之目的被加以探索，從不會成爲人的所有物，更甚者，這樣被熱愛探索的智慧，對人而言，至終也只是一種『暫借之物』（**sicut aliquid mutuatum**）而已。」[19]

由此看來，哲學的眞正本質乃是，只能以熱愛探索的姿態去「擁有」它的探索對象，但我們不該忽略的一樣重要事情則是：爭議性的產生。比如說，黑格爾就反對有關哲學的這種定義，他在《精神現象學》（*Phänomenologie des Geistes*）一書的序言中就這樣寫道：「我努力企圖要做到的目標是，能夠把哲學是對智慧的愛好之說法變成爲眞實之知本身。」以這樣的論調爲出發點，那麼人大可聲稱自己可以超越任何人類的可能性，但是歌德對這樣的論調又表示頗不以爲然，他就用一種諷刺口吻談論到黑格爾和他那個時代的一些哲學家：「這些先生們還眞以爲他們能夠左右上帝、靈魂以及整個世界（以及其他沒有人能懂的東西）。」⑳

❊

古代有關「哲學」的定義，我們還可以找到第二個說法，這樣的說法較少見。不只在畢達哥拉斯傳說的言論，而且在柏拉圖的〈斐多羅〉或甚至亞里斯多德的著作中，都把「人性的哲學家」（menschlichen philosophos）和「神性的智慧人」（göttliche sophos）拿來互相對比，其主旨無非在於說明，哲學並非人類以愛心探索「隨便什麼」智慧的東西，而是在於探索上帝所擁有的那種智慧。亞里斯多德甚至稱哲學爲一種「神性的學問」（göttliche Wissenschaft），因爲哲學所要追求的正是只有上帝才可能全然擁有的那種知識㉑。

事實上，古代有關哲學的這個第二個教條的論調，可說涵括了幾個不同的層面。第一，它更尖銳加強了前面第一個教條的論調（認爲哲學無法全然達到其所企圖之目標），這裡所設定的界線比人和上帝之間的界線更爲明顯特殊：人只有不再是人的時候才有可能眞正擁有上帝的智慧。其次，哲學的觀念必須包含朝向神學的導向，有關哲學的最早定義當中即離不開神學的概念。然而近代所流行的說法卻反對古代有關哲學的定義，這樣新觀念的哲學體系顯然擺明其主要特性即是要有別於神學、信仰與傳統。最後一個層面，古代已經對「哲學」一詞說明得非常清楚：哲學並不爲救贖服務。

那麼，我們說到「上帝所擁有的智慧」，到底是什麼意思呢？對智慧的了解，則如多瑪斯所說，取決於以下的基礎：「眞正有智慧的人，他必知道最高原因（die höchste Ursache）。」[22]（「原因」（Ursache）在此的意思指的不僅是動力因，而且也指目的因。）因此，「去認識最高原因」——指的並不是認識某些明確特殊之物的原因，而是「一般地」認識所有事物之總體的最高原因——這樣說的意思就是去認識「從哪裡來」（Woher）和「往哪裡去」（Wozu），亦即「來源」（Ursprung）和「目標」（Ziel），同時認識「構造原理」（Bauprinzip）和「結構」（Struktur），以及「意義」（Sinn）和「現實世界的秩序法則」（Ordnungsgefüge der Wirklichkeit），總之，去認識「這個世界」的至終意義。這樣的知識終究說來，究其理解的本質而言，只有可能屬於絕對精神所有，亦即上帝才可能擁有，只有上帝才能「從一個統一觀點」去了解這個世界，也就是說，這個世界最終的因。「祂才是唯一智慧的，只有祂才能認知這最高原因。」——從此一角度看，只有上帝才能稱之爲智慧者。

上述所言正是哲學所要導引的方向：以統一性的至終原理去了解現實世界，但就哲學本質而言，要達到這個目標，究竟只能行走於邁向目標的「途中」（auf dem Wege）而已（以愛、以探索、以希望！），最後還是無法達到目的。上面所述，可以說是古代對哲學觀念的理解和詮釋，所涉及到的兩個層面。

依此觀之，決定性的要點如下：企圖以哲學概念和哲學方式，想藉著對「最高原因」的知識去得到有關這個世界的理性詮釋，這是做不到的。對哲學而言，其中並不存在「封閉系統」（geschlossenes System）這樣的東西，如果有人說已經獲得「解答這個世界的方程式」（Weltformel），這一定不是哲學，要不然就一定是假哲學！

儘管如此，亞里斯多德還是把哲學，特別是形上學，看成是一切學科的最高形式，主要乃是因爲哲學有著達不到的目標（去認識最高原因這件事情）——即使達到目標的希望是存在的，或是這樣的希望以「暫借」方式給予了人們。多瑪斯在《亞里斯多德形上學評註》一書中這樣補充道：「這樣微末的希望，也許可以由形上學達到，這至少比由其他學科去得到別的東西，可要重要得多。」㉔

哲學由於存在著此一雙重層面和雙層結構的特性——我們必須在一條沒有盡頭的道路上不停旅行，以及哲學自身有其希望的結構——說明了哲學是完全合乎人性的東西，從某個角度看，也是人性存在的實現。

註釋

①柏拉圖對話錄〈泰阿泰德篇〉，一七五節。

②同上註，一五五節。

③《歌德和艾克曼對話錄》（*Gespräche mit Eckermann*），一八二九年二月十八日。

④見黑格爾《哲學史教程》（*Vorlesungen über Geschichte der Philosophie*），（Stuttgart, 1927），全集第十八冊，p.69。

⑤見 W. Windelband 所撰《哲學導論》（*Einleitung in die Philosophie*）（Tübingen, 1923），p.6。

⑥見多瑪斯《神的力量問題論辯》，第六章，第二節。

⑦見多瑪斯《神學大全》，I, II, 32, 8。

⑧見亞里斯多德《修辭學》（*Rhetoric*），第一章，第二節。

⑨多瑪斯《神學大全》，同註⑦。

⑩見巴斯卡（Pascal）《沉思錄》（*Pensées*），第一七二節。

⑪見多瑪斯《駁異大全》，4, 33。

⑫同上註。

⑬見柏拉圖對話錄〈會飲篇〉，二〇四節。

⑭見多瑪斯《使徒信經評註》（*Erläuterung des Apostolischen Glaubensbekenntnisses*）的序言。

⑮見多瑪斯《神學大全》，I, II, Q_3 1, a5。

⑯見 Wilhelm Dilthey 的《通信集》（1877-1897）（Hall/Saale, 1923），p.39。

⑰見柏拉圖對話錄〈斐多羅篇〉（Phaidros），二七八節。

⑱見多瑪斯《約翰福音評註》（*Kommentar zum Johannesevangelium*），第一和第二章。

⑲見多瑪斯《亞里斯多德形上學評註》，第一章，第三節。

⑳見歌德給 Zelter 的一封信，一八二七年十月二十七日。

㉑見亞里斯多德《形上學》，983a。
㉒見多瑪斯《神學大全》，II, II, Q9, a2。
㉓見亞里斯多德《形上學》，983a。
㉔見多瑪斯《亞里斯多德形上學評註》，第一章，第三節。

IV

在哲學行動之中，人類與全體存在的關係得以實現，因爲哲學的導向正是朝著世界整體在行進，這是我們不斷在強調的一個觀念。然而，早在哲學出現之前，總是在哲學之先，一種對現實世界的詮釋早已出現了。這種對現實世界的詮釋，其傳統（透過教育和歷史）乃是去掌握世界整體，並且談論整體。

人類「早已」生存於一種宗教的教化傳統之中，而這樣的傳統提供了一幅整體世界的畫像。這個傳統，按其本質，一直都在那裡，先於一切哲學，甚至也先於任何建立在經驗之上的世界詮釋。

由於此一古代的宗教傳統和此一「原初的」啓示，一種神學的教義遂應運而生，換言之，在人類的歷史之初，一種溝通的形式就這樣產生了，也就是對世界以及整體人類歷史之意義的「揭露」（Enthüllung，亦即拉丁文 re-velatio）。這是一種宣告，雖說充滿陳腐和一廂情願的說法，卻不斷在各個民族的神話和民間傳說中留傳下來，關於這個問題，這會是另一個領域的談論課題，我們暫且不予以討論。

就我們目前所談論的課題來看，我想特別指出來的是，西方哲學的一些偉大創建者，特別是柏拉圖和亞里斯多德，由於他們的建樹，我們今天的哲學才能有所依賴和發展，他們不僅發現，而且還肯定原先即已存在的世界觀念並加以發揚光大。「古代人已發現了眞理，要是我們自己也能發現眞理，何必去探詢他們的看法呢？」柏拉圖在〈斐多羅篇〉中就如此說道①，此後他又不斷強調，有許多敎義都是「由前人留傳下來」，不僅極有價值，並且幾乎是無可置疑的眞確：「古代的敎訓說，上帝掌握一切事物的前後始末，然後依其本質加以導引。」年老時的柏拉圖在其對話錄〈法篇〉（Gesetze）中這樣說。至於亞里斯多德，他也這麼說：「我們的祖先留傳給我們這些後人一個重要觀念，即自然的一切乃爲神性所包圍。」——《形上學》（*Metaphysik*）一書上正是這麼說。

我們由此可以理解：西方哲學上形象突出的偉大人物都相信早先即已存在並留傳下來的、有關世界之詮釋。其後，現代的哲學史學者，抱持著進步的理性主義者的信念，他們竟把哲學的起源和古代傳統的思想家截然兩分。他們認爲哲學的基礎乃奠立在理性的成熟上面，對傳統加以反動，更甚者，他們假定哲學之本質乃基於對宗教傳統的否定。他們把先蘇時期（按：指在蘇格拉底之前）和先雅典時期（按：指在古希臘哲學的黃金時代雅典時期之前）的哲學家看成是「啓蒙的」思想家——因此，最近的哲學思潮談到一種可能性，認爲荷馬眼中的衆神，亦即「荷馬式」的神學，事實上乃是一種「啓蒙的神學」，然而先蘇時期的哲學家如泰利斯（Thales）和恩比多克利斯（Empedocles）等人，在他們的哲學中就不認同此一神學，他們甚至曾企圖以更早的「前荷馬的」神學來取代之。

我們在此可看出，眞正的哲學史所展現的是什麼——起先是哲學的開端，然後是西方哲學的第一次偉大時期（蘇格拉底、柏拉圖及亞里斯多德等人，後來再也沒有過的）——這說明了更早存在的並留傳下來的有關對這個世界的詮釋，乃是一切哲學行動的先行思想，好像一種「早已被說出的」教義，後來的哲學才從那裡汲取養分，然後再開花結果，爆發出閃亮的火花。

柏拉圖走得更遠，他不僅認同此一由「前人」所傳遞下來的傳統，並認爲所有哲學家必須敬重此一傳統，他同時更確定「前人的智慧」必是起源於某種神性，「然後由衆神藉著一位不知名的普羅米修斯（Prometheus）帶著閃閃火炬，把此一才能傳遞給我們。我們的前人比我們更傑出，他們住得和衆神更爲接近，因而能夠把這個啓示（被說出的教義）傳遞給我們。」這是柏拉圖在其對話錄〈斐萊布篇〉（Philebus）中談到理型的學說時所說的話④。

依柏拉圖的觀點來看，像「上帝所擁有的那樣的智慧」，事實上早在我們能去觸摸之前，亦即哲學尚未開始之前，就已經存在於我們的世界了。如果說沒有衆神早於人類努力思考之前，賜給人類上述奇特卓越的才能——沒有這樣一個意義豐富的對比，那麼，我們實在無法想像，以愛好探索「上帝所擁有的智慧」爲名的哲學，如何能產生，繼而能夠形成爲一獨立自主的眞正學問。另一方面，我們必須注意的是，哲學的獨立自主性雖然來自於古代神性的啓示所奠立的既定傳統，然而眞正的哲學行動卻必須開始於對我們眼睛所及的具體可見的世界之探究。簡單講，哲學首先必須「從底層」（von unten her）開始，從我們在日常生活所經驗的事物之中去著手，去探究出一個更新穎且「更令人驚奇」

的層面。由此可見，早在人類一切經驗以及對這些經驗的理性探索之前，先前即已存在的傳統早就已經成形了，並且「一直都是存在著的」，那麼，它的本性就絕不是一種我們「從底層」探究的「成果」（Ergebnis），而是早就已經事先給予，已然形成並啓示的了。

我們現在面對的，顯然是哲學和神學之間基本關係的問題——神學可看成是對啓示本質的詮釋。如果我們現在想以簡單原則，如柏拉圖和古代哲學所說那樣，來規範哲學和神學之間的關係（即使有簡化之嫌，卻也是可行），其原則大約如下：神學「總是早已」（immer shon）比哲學先行存在，不僅是時序上如此，而且就其內在本質的最初關係亦是如此。最早的已存在的對世界的詮釋觀念，乃是把世界看成一個總體，哲學即是從這個角度從事其探索活動，因此，哲學在本質上即離不開神學，如果沒有早先已經存在、未批判地接受對世界的詮釋，那麼哲學就無法獲得率先的激勵去從事活動，自然就不可能有任何哲學存在了。在神學的領域裡，獨立於一切經驗之外的，像「上帝所擁有的智慧」這樣的範型，早已成爲可理解的觀念，然後才成爲哲學探索的動力和方向。

然而，上述說法並非強調，神學擁有一切哲學所想追求的。神學家的身分很容易釐清，他是有關神的啓示之守護者和詮釋者，但絕無法提供給哲學家有關存有的知識。我們說到啓示的聖言，一切萬物藉以受造，亦即有關道（Logos）的觀念，這是有關整體實在界的結構的陳述，但在神學家而言，他的任務乃是以傳統之眞理去闡明並護衛此一聖言的意義——哲學家則否，他「從底層」來接近這個概念。另一方面，哲學家在探究事物之際，他能夠獨自就這個概念去獲得知識——但他所採取的並非神學的，而是哲學的認知方式，這樣的方式乃來自事物本身。

柏拉圖哲學的突出之處乃在於其對神學的開放，如果有人指出，說柏拉圖的哲學研究竟然越過「純粹」哲學思考範圍而進入神學的領域，想必他會覺得莫名其妙。他在〈會飲篇〉裡頭讓喜劇作家亞里斯多芬尼斯（Aristophanes）敘述一則故事⑤——一齣怪誕的鬧劇——這則故事是說，最早的時候，人類的形狀像個球體，有四隻手臂和四條腿，而且是雙性同體，後來分割爲二（好像切開一個梨子，分爲兩半裝成罐頭），之後每一半各自開始尋找自己「遺失的另一半」，這形成爲「愛慾」（Eros）：尋求完整性的慾望。在這則帶有喜劇意味的故事背後，我們可以看出如下的啓發意義：在最初開始的時候，人的本質是完整無缺的，但人卻被自己的「傲慢自大」（Hybris），亦即對自己力量和「偉大思想」的意識，所驅使而想達到衆神的水平，人因爲想成爲衆神的過分慾望而被懲罰，他喪失了原來的完整性，如今只剩下「愛慾」（想回到最初完整性的渴望），只有這個東西才能把我們帶回「宛若神明」的境界。當然，這並不是哲學，這絕不是以實際經驗爲基礎去推理所得來的結論！然而，我們在此是否可以提問「愛到底是什麼」這樣一個問題，然後考慮以宗教傳統來回答這樣的問題？在柏拉圖的對話錄中，他把哲學和神學結合一起的做法，是否提供給了我們有關人類生活最眞確經驗的見證？同時，這等做法難道不也爲對話錄提供了某種力量，進而全然超越了人的存在範圍？

因此，要追求一種全然反對神學的哲學，似乎是不可能的，在柏拉圖而言，絕對是做不到的！我們要是想遵循柏拉圖的方式和企圖去從事哲學行動，首先就必得考慮到神學的要素，我們嚴肅去探尋一切事物的根源之時（此乃哲學行動的要務），無論如何絕對無法否定早先即已存在的宗教傳統及其教義（爲了某種「方法學的純粹性」之理由），因爲此一傳統所關注的正是一切事物之根源——即使你再也不肯接受其教義！然而，一方面要接受並加以信仰，然而在哲學思索的同時又加以拒斥——這是我們始終無法嚴肅做到的。

現在的問題是，今天我們要去哪裡尋找此一前哲學的眞正傳統，亦即如柏拉圖所說，「藉由某一位無名的普羅米修斯把衆神的才能傳達給我們」⑥所形成的知識的現代形式？關於這個問題，我們只能這樣回答：自從羅馬帝國淪亡以來，除了基督宗教傳統之外，再也沒有任何所謂前哲學傳統的存在了，在西方世界裡，除了基督宗教，再也沒有其他神學的存在，那麼，就實際意義而言，我們到底要去哪裡尋找非基督宗教傳統的神學呢？⑦

這樣的問題說明了一件事情，即如果我們想以柏拉圖所宣稱的方式去從事哲學行動，特別是在基督宗教的時代裡，我們在接觸基督宗教有關生命的詮釋之前，實在有必要回頭看看另一套不同的神學系統。「基督宗教的哲學是可能的嗎？」——這個問題會比另一個問題更容易回答：「非基督宗教的哲學是可能的嗎？」——只要我們遵循柏拉圖的方式去探索哲學，後面這個問題就永遠存在。

顯而易見，爲了能夠更大幅度的去了解哲學，只當一個基督徒或是只接受基督宗教的教義，顯然是不夠的——換言之，我們會遭遇類似下面的問題：對世界的疑問，對存在現象的探索，「從底層」去研究這些問題等等——由此可見，基督宗教的哲學絕不會是唯一的活著的哲學，眞正的哲學有可能會是和基督宗教的觀點互相對立的。因此，我們可能透過一套「信仰原則」（Glaubenssätze）來反對基督宗教——儘管此一原則也許僅是一種以理性爲藉口而已，但理性本身即是一種「信仰原則」——當然理性還不夠，我們會提出一套哲學的眞正結構，藉以對應這樣的信仰原則（這時這種宗教傳統就會全然萎縮，我們再也不懂何爲「上帝」、「啓示」及「神諭」等這類字眼的意義，到了這個時候，哲學就不再可能存在，更不要說繼續成長發展了。）

總之，哲學必須透過和神學相輔相成的關係才得以獲得生命和內在的激發力量，這是哲學得以獲致美味和佐料的來源。然而，這種傾向如今卻式微了

——哲學一旦退縮成爲一種特殊的學院式思考模式，必然變得「平淡無味」，因爲它不願再去觸碰與神學有關的主題（也就是說，所謂的「基督教哲學」）——這也許說明了爲什麼海德格的哲學會具有那麼令人騷動目眩的效果，其主要特徵除了以激進方式提出神學淵源的問題（這還得以神學的答案去回答），然後又以激進方式否決回答此一問題的可能性，除此之外，他的哲學並未有何特出之處，突然之間，神學的品味竟淪爲只是口舌之辯而已！今天法國除了走流行路線之外，情況可說如出一轍：所謂「存在的」無神論絕對不是什麼「純粹的哲學」或甚至是「科學的」立場，事實上就其本質而言仍然還是離不開神學，所以他們不免在哲學上面置入某些神學的要素，這樣的哲學看來倒像是假神學，或甚至是反神學，它並沒有更爲接近眞理，但反而更爲活躍。當然不能否認的是，這樣的哲學並非沒有觸及人性本身，因爲它探討與人有關的一切，這正是哲學的基本要務，因此沙特這麼說：「無神論的存在主義從上帝並不存在此一事實下結論，認爲有一種生物並不依任何更高意志之決定而存在，這種生物就是人……。」沒有人會認爲這是一個哲學命題，甚至也不是個神學命題，不是信仰原則的問題。然而，這樣的說法卻會逼使人往神學的水平去思考！哲學只有和神學相提並論時方能重獲生命。

顯而易見，活的而且是眞實的哲學必然離不開和眞實的神學互相對位唱和，特別是基督誕生之後，其對位唱和的對象指的自然是基督教神學。但我們要注意的是：並非所有訴諸基督教神學的當下哲學都能眞正體現生命和眞理，事實上，活的而且是眞實的哲學要不是根本無法被體現（我們可能會徒然等待其體現），就是在「基督教哲學」的意義底下加以體現。

但這將不再是一種「純粹的」哲學論述了，從一開始大家所認同的哲學之本質乃是熱中探索「像上帝所擁有的那種智慧」——然而，就哲學行動的本質而言，我們無法避免涉入神學的領域——這樣的領域在理論上和方法上（不包括其存在的本質上）是那麼的不同，其實這是觀念上的問題，本質而言差距並不是那麼大——然後採取一種神學的姿態，否則的話，我們無法從事哲學思索！理由很簡單，因爲哲學乃是人們面對現實世界時所衍生的基本態度之產物，我們唯有奠立在人類存在之總體上面去思考，哲學才有可能產生，哲學的最終訴求及其最初之一切原則，無不全隸屬於此。

我們前面曾提過「哲學思索的意思是什麼」這樣的問題，現在我們不妨趁此爲「基督教哲學」此一概念下幾點評論，藉此爲我們回答上述問題下結論。不過，我倒無意在此爲基督教哲學此一多面性問題提供全面性的探討，甚至亦無意說明其基本特徵是什麼。

首先我們有必要反駁一般流行的看法，他們認爲基督教哲學（或任何派別的基督教哲學）和其他非基督教的哲學非常不同，因爲基督教的教義很單純。事實未必盡然，即使基督教的思考模式十分確定。但可以肯定的一點是，基督教哲學更能純然體現哲學上奠立在「不可知」（Niehtwissen）之基礎上面的「驚奇」（Staunen）觀念。我們時代有一位偉大哲學家在受多瑪斯啓發之後，即認爲基督教哲學的特出之處不在於它解決了什麼思想問題，而在於它比其他哲學更具有神祕感⑧。即使在信仰和神學的領域裡（就算信仰可能帶來確定性），對信仰者而言，我們絕不可能肯定一切事物皆已「清晰明朗」（klar），所有問題皆已解決。誠然，如同席木（M.J. Scheeben）所說，基督教的眞理有其特殊不凡之處，並不能眞正被理解，正如同理性的眞理之不可理解一樣，但基督教的眞理，其特殊不凡之處卻在於，「儘管有啓示，但其眞理還是隱而不露。」⑨

我們可能會問，如果說基督教哲學並未達到更高層次解決思想問題的地步，也並未提供任何足以令人信服的答案，問題還是在那裡，那麼，基督教哲學如何可能有比其他非基督教的哲學更爲超越的地方呢？也許我們可以這麼說，基督教哲學擁有更強的能力和更大的眞理去看出這個世界的神祕性和無限性，然而在經驗到其存在事物的神祕性格之餘，仍無法透過某種「圓滿的陳述」（rundumfassende Aussage）去掌握其中之道理——在此我們即可看出，這種不足的現象適巧說明了，基督教哲學比其他任何以清晰和簡明的特性去吸引單純心靈的透明體系更能深刻且眞實的去掌握現實。因此，基督教哲學所欲訴求的無非是：「更眞實一些」（wahrer zu sein），理由很簡單，只因爲它能夠認識到這個世界的神祕性格。

哲學思索的問題與基督教哲學可說相差無幾，柏拉圖在更早之前似乎即已發現並感覺到這個問題的存在——有一種對柏拉圖的詮釋，認爲在柏拉圖眼中看來，哲學思索即帶有某種悲劇性格，其理由正是如上所述⑩，因此免不了要經常求助於神話世界，哲學無法自我束縛於一個固定系統之中。

對思想家而言，基督教哲學絕不會更爲簡單，因爲我們總是會傾向於認爲，信仰「照明」了理性。事實上，明顯訴諸神學上的論證（比如多瑪斯的哲學），其目的並非爲了更容易得到答案，而是爲了突破「純粹」哲學思索在方法上的狹隘，並且給予眞正的哲學動力（比如探尋智慧的熱情）某種抑制的力量，以便爲神祕打開並拓展空間——此一神祕的空間，就其定義而言，可以說是沒有邊界的，因此我們大可悠遊其中而不會感到「筋疲力竭」（fertig）。另一方面，這些關於世界整體和人類存在意義的神學眞理，可以說是一種神學的「治癒功能」（Heilsfunction），因爲神學會對渴求清晰、透明及系統的封閉性等現象說「不」，有人認爲信仰的眞理就是對哲學思考的「否定準則」（negative Norm），指的就是這個意思。

當然，如此做法並不會使得哲學變得「更容易些」（einfacher）！剛好相反，對於不肯依賴傳統之信仰眞理的哲學而言，我們除了期待基督教哲學比這樣的哲學更困難之外，還能期待什麼別的嗎？在霍德林（Hölderlin）的一首名之爲〈海必里昂〉（Hyperion）的詩作中，我們看到如下的句子：

心靈絕不會湧出美麗的浪花，然後成為精神，
如果古老而沉默的命運之峭壁不堅與對立……

（Des Herzens Woge schäumte nicht so schön empor und würde Geist,
wenn nicht der alte stumme Fels, das Schicksal, ihr entgegenstände……）

這說明了，古老的、沉默的以及頑固而不屈不撓的啓示眞理之「峭壁」阻撓哲學，使之避免淪爲平滑而通暢無阻的溪流，正是由於思想的複雜多端才產生此一對立現象，也使得基督教哲學有別於其他的非基督教哲學。這是一種歷史的哲學，這離不開終將面臨與反基督時代來臨的遭遇，這意謂著我們必將以災難方式去接受人類歷史的終結——這樣的歷史之哲學卻未必會成爲一種絕望的哲學——這樣的基督教歷史哲學未必盡然只是轉變成爲一種歷史的概要，然

而，進步的哲學（竟然已經少有人談論到這個了）終究還是不免淪爲更爲簡單的哲學，因爲這樣的哲學不肯相信〈啓示錄〉（Apokalypse）！但反過來看，願意擁抱基督教之啓示的哲學，則不會淪爲更簡單的哲學，反而是——基督徒樂意加以宣稱的——變得對現實世界更爲眞實和更加忠實。啓示之眞理帶給哲學思考的毋寧是一種創造性和激勵性的對立姿態，基督教哲學爲自身設定更高層次的任務，因而它必須透過對抗某種超越理性困難的力量來顯得超越突出。基督教哲學顯得更爲複雜，因爲它不允許自己透過忽略、選擇或甚至丟棄現實世界的某些領域來獲得「有說服力的」（einleuchtend）規則，理由不外是，此一哲學處在不安狀態之下，能夠瞥見啓示的眞理，進而能夠更爲大幅度的去思考問題，反而不會單單只是滿足於任何表面的理性和諧。總之，基督教哲學之所以顯得超越突出，主要正是因爲靈魂在衝撞神聖眞理的「峭壁」時激濺而出的「浪花」。

基督教哲學因爲勤於和基督眞理的對位唱和，因而更加豐富了自己的內涵，當然，我們必須了解的是，如此一來不僅使得基督教自身的特性更加眞實和具說服力，而且也一樣使得基督教哲學更加眞實和具說服力（我們要不斷強調這一點，因爲這個特質並不明顯）。吳爾夫（Maurice de Wulf）所寫一本有關中世紀哲學史的名著，用下面這句話作結尾：「士林哲學之所以式微，理由並不是缺乏觀念，而是缺乏腦筋！」

因此，神學的「不」（Nein）就像是對哲學思考的一種「否定準則」（norma negativa），除了否定，什麼都不是。有些人並不認爲某種否定的東西可以阻撓思考跌入錯誤，當然，肯定的東西對人類心靈而言，可以藉由對啓示眞理的接受而使得其心靈更爲強化，然後以更肯定的方式去接受哲學的眞理，而這種眞理本身可以某種自然方式透過理性去加以獲得。「一個沒有正義的國家，就像一個大賊窩。」這句話明白易懂，但湊巧的是並非出自一般正統的哲學書本，而是出自一本神學著作，即聖奧古斯丁（Saint Augustine）的《上帝之城》（*Der Gottesstaat*）。

我們現在似乎可以問這樣一個問題：對基督徒而言，哲學是否爲多餘？是否單單神學或是信仰即已足夠？溫德班（Windelband）在他的《哲學導論》

（*Einleitung in die Phiosophie*）一書中這樣說道：「對那些已經具有某種世界觀且在任何情況下都不會改變信仰的人而言（眞正的基督徒即是如此），他們並不需要哲學。」事實上，對於救贖而言，哲學派不上用場，救贖只需一件事，但絕對不會是哲學，基督徒無法從哲學中企求有關人類救贖問題的答案，即使只是救贖本身也不行，他們無法透過哲學思索來達到此一目的，他們不能從探索宇宙結構中得到救贖的答案。把自己迷失在問題之中（此乃完全自主的哲學的一大特色，而且越是如此，才越表示態度越嚴肅），像這類把自己和思想問題合而爲一的現象，對信仰宗教的人而言可是相當陌生的。在多瑪斯身上，我們可以看到「無法了解」（Nicht-begreifen-können）所帶來的愉悅，這多少透露出一點幽默感的態度。因此，哲學可以說是必要的，也可以說是多餘的，正如同人類對追求自然的盡善盡美，可以是必要，也可以不必要，道理是一樣的。去從事哲學思索即是去實現人類心靈追求完整性的自然傾向，那麼，有誰願意去決定這個必要性的程度，去激發這個潛能，去實現這個本質的能力呢？

我們這裡剩下最後一個問題，至目前爲止，我們所談論到的好像一切都是以「基督宗教」爲主，好像這是唯一的教義學說和眞理。我們也以同樣方式談論到「基督教哲學」，就好像其他人在談到「康德哲學」時一般，一切思想取向完全以康德爲馬首是瞻，不作第二人想。不過，如果說有人在哲學上是屬於基督教思想取向，絕不能說他的世界觀一定和基督教義完全一致，因爲基督宗教乃是一種現實存在的事實，而不只是教義而已！基督教哲學的問題不僅在於理解，對世界的本性之知是否以及用什麼方式，可以在理論上和超性信仰連結在一起，而且更在於：是否以及用什麼方式，可以把思想根植於基督宗教而在從事哲學思索的人，轉變成爲眞正基督徒式的哲學思索者。

費希特（Fichte）曾經這樣說過：「一個人會選擇什麼樣的哲學，取決於他是什麼樣的人。」——這種論調聽來似乎有點令人難堪，因爲這好比在說，好像每個人都必須「選擇」一種哲學似的！但仔細想，這樣的說法卻是十分清晰中肯。即使在自然科學的領域裡，一個人也不可能單單只是爲了獲得某種眞理而把腦袋塡滿東西，特別是當這個眞理牽涉到宇宙和生命本身的意義時。而且，一個人有「聰明的腦袋」（Kluger kopf）還不夠：他還應該具備人的其他特質，他必須是一個人格者。基督宗教是一種現實世界的眞實，我們要是越能對它開放自己，那麼它對我們所有能力的形成和塑造也就越完整。然而以我們目前的談論範圍，似不宜再深入探討這個問題，但上面所言應該已經足以說明基督教哲學的實存結構了。

多瑪斯曾經區別過兩種不同的認知方式（看來相當的現代）：一種是純粹理論的認知（Erkennen per cognitionem），另一種是奠立在近似關係上的認知（Erkennen per connaturalitatem）⑪。第一種認知方式指的乃是我們去認識某些並不屬於我們的東西，第二種認知方式指的則是去認識對我們自身顯得特殊的東西。在第一種方式之中，一個道德的或是倫理的哲學家，自己本身不必是個好人即可判斷事情的好壞；在第二種方式之中，一個好人知道什麼是良善，他所依據的乃是他對所謂良善的立即分享和參與，這是一種內在的溝通現象，對有愛心的人而言，這是一種準確無誤的直覺之表現（如多瑪斯所說，愛使陌生變爲親密，近似關係的認知正是由此而產生）⑫。然後，一個人依據近似關係的認知而能夠辨別神聖的事物，好像他在判斷的就是自己的事情。根據筆名丹尼斯（Dionysius）的說法，「他不僅在學習神聖事物，他同時也在承受神聖。」⑬

由此看來，一個人在哲學行動中要了解基督教哲學的完整形式，不僅要學習和知道什麼是基督教，對他而言，基督宗教不只是代表他最後在觀念上或理論上可能與之互相結合的教義而已，他同時還要了解，基督教哲學將會把眞正的基督宗教信仰帶給他，在他身上成爲一種眞實。因此，奠立在近似關係上面的認知不只是認知和學習，同時也是在「承受」和體驗眞實，然後我們才能爲自己贏得基督宗教的眞理，進而繼續從事有關世界的自然法則以及人生意義的哲學思索。

註釋

①柏拉圖對話錄〈斐多羅篇〉，二七四節。

②柏拉圖對話錄〈法律篇〉，七一五節。

③亞里斯多德《形上學》，1074b。

④柏拉圖對話錄〈斐萊布篇〉（Philebus），一六〇節。

⑤柏拉圖對話錄〈會飲篇〉，一八九節。

⑥同註④，十六節。

⑦一九四七年，在波昂舉行的「高等教育週」期間，我注意到在 Walter F. Otto 的作品裡特別強調復興古代神學的必要性，因此，我們似無必要再堅持基督教神學為唯一西方神學。但我要說的是，「仰慕」和「信仰」並非同一樣事情，我要請問，如果有人那麼堅持此一新的「希臘主義」（Hellenism），視之為一種「真理」，而且奉信不渝，那麼，當我們在生活上面臨某種極端處境之時（比如面臨死亡），這時我們會向阿波羅或戴奧尼修斯祈禱嗎？如果情況不是如此，我們就不能用同樣角度去談論神學的問題。

⑧見 Garrigou-Lagrange 所撰《精神之奧祕和陰暗面的意義》（*Der Sinn für das Geheimnis und das Hell-Dunkel des Geistes*）（Paderbon, 1937），p.112。

⑨M. J. Scheeben 所撰《基督教之神祕性》（*Die Mysterien des Christentums*）（Freiburg, 1941），p.8。

⑩見 Gerhard Krüger 所撰《理解與激情》（*Einsicht und Leidenschaet*）（Frankfurt, 1939），p.301。

⑪見多瑪斯《神學大全》，I, 1, 6; II, II, 45, 2。

⑫同上註，II, II, 45, 2。

⑬多瑪斯在《神學大全》中所引用的筆名丹尼斯的話，同上註。

默觀 （見73頁）

在善的領域，
最偉大的美德無視任何困難，
在認知上，認知的最偉大形式
往往是那種靈光乍現般的真知灼見，
真正的默觀，是一種饋贈，
不必經過努力，亦無任何困難。

內文簡介：

儘管《閒暇》（Leisure The Basis of Culture）一書出版於五十年前，但此書在今日的重要性和關鍵性，比五十年前猶有過之。

本書於1947年初版德文版，1952年第一次翻譯成英文，旋即引起英語世界媒體與學界的熱烈反應，詩人T. S. 艾略特並撰寫專文評論。1998年為紀念德文版五十週年，再重新翻譯重出新版，新版中收錄了一篇由著名英國哲學家史克魯頓（Roger Scruton）執筆的新導論，以及一篇回顧文章，概述此書第一個英譯本（1952年）出版後的各種書評反應。中文版根據德文原版翻譯，並收錄英譯本相關書評與兩篇導讀。

閒暇是一種心靈的態度，也是靈魂的一種狀態，可以培養一個人對世界的觀照能力。作者引用了一系列哲學、宗教和歷史上例證，去證明無論是古希臘人還是中世紀的歐洲人，都深知閒暇的重要性，並深為珍惜。他指出，宗教只能產生在閒暇之中：因為只有身在閒暇之中，我們才會有時間去沉思上帝的本質。閒暇曾經是任何文化的首要基礎，過去是如此，未來也是如此。

當今中產階級世界的「工作至上」觀念已經使「閒暇」的理念湮滅不彰。本書提出了一個震撼人心的警告：除非我們能重拾寧靜與洞見，培養無為的能力，能夠以真正的閒暇取代我們那些狂亂的娛樂，否則我們終將毀滅我們的文化，乃至我們自身。

本書對勞動與閒暇的觀念，截然有別於時下實用主義和清教徒主義的主流。皮柏預言，如果我們不能改弦易轍，繼續把「工作」視之為神明膜拜，終將帶來毀滅性的後果。

作者簡介：

尤瑟夫・皮柏（Josef Pieper）

1904年5月4日生於德國敏斯特（Munster）地區，曾於柏林和敏斯特大學修習哲學、法律及社會學等學科，後來曾以社會學家和自由作家身分工作過一段時間，之後成為敏斯特大學哲學人類學的正式教授，並以該校終身榮譽教授退休。

皮柏曾多次榮獲國際性學術榮譽大獎，六〇年代，他主要以哲學家和自由作家身分而廣為人知，他用簡明流暢的文字闡述當代西方智識生活的發展現象，這些論述引起廣泛的影響，直至今日，他的觀念仍為社會大眾所津津樂道，他於1997年11月6日於敏斯特家中去逝。

譯者簡介：

劉森堯

台灣東海大學外文系學士，愛爾蘭大學愛爾蘭文學碩士，並於法國波特爾大學工讀比較文學博士。著有《電影生活》、《導演與電影》、《天光雲影共徘徊》，譯有《歷史學家的三堂小說課》、《威瑪文化》、《啟蒙運動：現代異教精神的崛起》等。

立緒文化全書目 - 1

序號	書名	售價	訂購
政治與社會			
A0001	民族國家的終結	300	
D0070	信任：社會德性與經濟繁榮	390	
D0039-1	大棋盤：全球戰略大思考	280	
A0008	資本主義的未來	350	
A0009-1	新太平洋時代	300	
A0010	中國新霸權	230	
CC0047-1	群眾運動聖經	280	
CC0048	族群	320	
CC0049	王丹訪談	250	
D0003-1	改變中的全球秩序	320	
D0027	知識份子	220	
D0013	台灣社會典範的轉移	280	
D0015	親愛的總統先生	250	
CC0004	家庭論	450	
CC0019	衝突與和解	160	
啟蒙學叢書			
B0001-1	榮格	250	
B0002	凱因斯	195	
B0003	女性主義	195	
B0004-1	弗洛依德	250	
B0006	法西斯主義	195	
B0007	後現代主義	195	
B0009-1	馬克思	250	
B0010	卡夫卡	195	
B0011	遺傳學	195	
B0013	畢卡索	195	
B0014	黑格爾	195	

序號	書名	售價	訂購
啟蒙學叢書			
B0015	馬基維里	195	
B0019	喬哀思	195	
B0021	康德	195	
B0023-1	文化研究	250	
B0024	後女性主義	195	
B0025-1	尼采	250	
B0026	柏拉圖	195	
生活哲思			
CA0002	孤獨	350	
CA0012	隱士:透視孤獨	320	
CA0005-1	四種愛:親愛·友愛·情愛·大愛	200	
CA0006	情緒療癒	280	
CA0007-1	靈魂筆記	400	
CA0008	孤獨世紀末	250	
CA0023-1	克里希那穆提:最初與最後的自由	310	
CA0011	內在英雄	280	
CA0015-1	長生西藏	230	
CA0017	運動	300	
CC0013-1	生活的學問	250	
CB0003	坎伯生活美學	360	
CC0001-1	簡樸	250	
CC0003-1	靜觀潮落	450	
CI0001-2	美好生活:貼近自然·樂活100	350	
CC0024	小即是美	320	
CC0025	少即是多	360	
CC0039	王蒙自述-我的人生哲學	280	

立緒文化全書目 - 2

序號	書名	售價	訂購
心理			
CA0001	導讀榮格	230	
CG0001-1	人及其象徵:榮格思想精華	390	
CG0002-1	榮格心靈地圖	320	
CG0003-1	大夢兩千天	360	
CG0004	夢的智慧	320	
CG0005-1	榮格・占星學	320	
CA0013-1	自由與命運:羅洛・梅經典	360	
CA0014	愛與意志	380	
CA0016-1	創造的勇氣:羅洛・梅經典	230	
CA0019-1	哭喊神話:羅洛・梅經典	380	
CA0020-1	權利與無知:羅洛・梅經典	350	
CA0021	焦慮的意義	420	
CA0022	邱吉爾的黑狗	380	
宗教·神話			
CB0001-1	神話的力量	390	
CB0002-2	神話的智慧	390	
CB0004	千面英雄	420	
CB0005-1	英雄的旅程	420	
CD0007-1	神的歷史:猶太教、基督教、伊斯蘭教的歷史	460	
CD0016-1	人的宗教:人類偉大的智慧傳統	400	
CD0019	宗教經驗之種種	420	
CD0028	人的宗教向度	480	
CD0022	下一個基督王國	350	
CD0001-1	跨越希望的門檻(精)	350	
CD0008	教宗的智慧	200	
CD0004-1	德蕾莎修女:一條簡單的道路	210	
CD0009-1	一行禪師:活的佛陀・活的基督	230	

序號	書名	售價	訂購
宗教·神話			
CD0010	心靈的殿堂	350	
CD0011	法輪常轉	360	
CD0014	宗教與神話論集	420	
CD0017	近代日本人的宗教意識	250	
CD0018-1	耶穌在西藏:耶穌行蹤成謎的歲月	320	
D0011	全球倫理與宗教對話	250	
E0008	天啓與救贖	360	
E0011	宗教道德與幸福弔詭	230	
CD0029	宗教哲學--佛教的觀點	400	
CD0023-1	達賴喇嘛說般若智慧之道	280	
CD0024-1	達賴喇嘛在哈佛:論四聖諦、輪迴和敵人	320	
CD0025-1	達賴喇嘛說幸福之道	300	
CD0026-1	一行禪師 馴服內在之虎	200	
CD0027-1	時輪金剛沙壇城:曼陀羅	350	
CD0005-1	達賴喇嘛說慈悲帶來轉變	280	
CD0002	生命之不可思議	230	
CD0013-1	藏傳佛教世界:西藏佛教的哲學與實踐	250	
CA0018	意識的歧路	260	
哲學			
CK0006	真理的意義	290	
CJ0003	科學與現代世界	250	
E0002	辯證的行旅	280	
E0009	空性與現代性	320	
E0010	科學哲學與創造力	260	
CK0001-1	我思故我笑(第二版)	199	
CK0002	愛上哲學	350	
CK0004	在智慧的暗處	250	

立緒文化全書目 - 3

序號	書名	售價	訂購
哲學			
CK0005-1	閒暇：一種靈魂的狀態	280	
CC0020-1	靈知天使夢境	250	
CC0021-1	永恆的哲學	300	
CC0022	孤兒.女神.負面書寫	400	
CC0023	烏托邦之後	350	
CC0026-1	愛情的正常性混亂：一場浪漫的社會謀反	380	
CC0041	心靈轉向	260	
CC0030	反革命與反叛	260	
文學·美學			
CC0043	影子大地	290	
CC0035	藍：一段哲學的思緒	250	
CA0003-1	Rumi在春天走進果園（經典版）	360	
CC0029-1	非理性的人：存在主義研究經典	380	
CC0015-1	深河（第二版）	320	
CC0031-1	沉默（電影版）	350	
CC0103	武士	390	
CC0002	大時代	350	
CC0051	卡夫卡的沉思	250	
CC0050	中國文學新境界	350	
CC0033	在文學徬徨的年代	230	
CC0017	靠岸航行	180	
CC0018	島嶼巡航	130	
CC0012-1	反美學：後現代論集	300	
CC0011-2	西方正典（全二冊）	720	
CC0053	俄羅斯美術隨筆	430	
CC0037-2	給未來的藝術家（2017增訂新版）	380	
CE0001	孤獨的滋味	320	

序號	書名	售價	訂購
文學·美學			
CE0002	創造的狂狷	350	
CE0003	苦澀的美感	350	
CE0004	大師的心靈	480	
CJ0001	回眸學衡派	300	
CJ0002	經典常談	120	
E0006	戲曲源流新論	300	
E0007	差異與實踐	260	
文化與人類			
CC0010	文化與社會	430	
CC0040-1	近代日本的百年情結：日本人論	450	
CC0016	東方主義	450	
CC0027	鄉關何處	350	
CC0028	文化與帝國主義	460	
CC0044	文化與抵抗	300	
CC0032	遮蔽的伊斯蘭	320	
CC0045-1	海盜與皇帝	350	
D0023-1	遠離煙硝	330	
CC0036	威瑪文化	340	
CC0046	歷史學家三堂小說課	250	
D0026	荻島靜夫日記	320	
CC054-1	逃避主義：從恐懼到創造	380	
CD0020-1	巫士詩人神話	320	
CC0052	印第安人的誦歌	320	
CH0001	田野圖像	350	
D0009-2	在思想經典的國度中旅行	299	
D0012-1	速寫西方人文經典	299	
CC0008	文化的視野	210	

序號	書名	售價	訂購	序號	書名	售價	訂購
文化與人類				**歷史·傳記**			
CC0009-2	生命的學問12講	300		CF0020	林長民、林徽因	350	
CC0055-1	向法西斯靠攏	460		CF0024	百年家族-李鴻章	360	
D0025-1	綠色經濟：綠色全球宣言	380		CF0025	李鴻章傳	220	
D0028-1	保守主義經典閱讀	400		CF0026	錢幣大王--馬定祥傳奇	390	
CC0096	道家思想經典文論	380		CF0003-1	毛澤東的性格與命運	300	
E0004	文化的生活與生活的文化	300		CF0013-1	毛澤東與文化大革命	350	
E0005	框架內外	380		CF0005	記者：黃肇珩	360	
				CF0008	自由主義思想大師：以撒·柏林傳	400	
歷史·傳記				CF0021	弗洛依德(1)	360	
CC0038	天才狂人與死亡之謎	390		CF0022	弗洛依德(2)	390	
CC0034-2	上癮五百年	350		CF0023	弗洛依德(3)	490	
CC0042	史尼茨勒的世紀	390		**人文行旅**			
CK0003	墮落時代	280		T0001	藏地牛皮書	499	
CF0001	百年家族-張愛玲	350		T0002	百年遊記（I）	290	
CF0002	百年家族-曾國藩	300		T0003	百年遊記（II）	290	
CF0004	百年家族-胡適傳	400		T0004	上海洋樓滄桑	350	
CF0007	百年家族-盛宣懷	320		T0005	我的父親母親（父）	290	
CF0009	百年家族-顧維鈞	330		T0006	我的父親母親（母）	290	
CF0010	百年家族-梅蘭芳	350		T0007	新疆盛宴	420	
CF0011	百年家族-袁世凱	350		T0008	海德堡的歲月	300	
CF0012	百年家族-張學良	350		T0009	沒有記憶的城市	320	
CF0014	百年家族-梁啓超	320		T0010	柏林人文漫步	300	
CF0015	百年家族-李叔同	330		**經典解讀**			
CF0016	梁啓超和他的兒女們	320		D0001-1	論語解讀(平)	420	
CF0017	百年家族-徐志摩	350		D0016-1	老子解讀(平)	300	
CF0018	百年家族-康有爲	320		D0017-1	孟子解讀(平)	380	
CF0019	百年家族-錢穆	350		D0014-1	莊子解讀(平)	499	

序號	書名	售價	訂購
D0018-1	易經解讀(平)	499	
D0057	大學・中庸解讀	280	
D0019	易經–傅佩榮解讀(精)	620	
D0020	莊子–傅佩榮解讀(精)	620	
D0022	論語–傅佩榮解讀(精)	500	
D0021	老子–傅佩榮解讀(精)	420	
D0024	孟子–傅佩榮解讀(精)	500	
D0006	莊子(黃明堅解讀)	390	
大學堂			
D0010	品格的力量(完整版)	320	
D0047	品格的力量(精華版)	190	
D0002-1	哈佛名師的35堂課	380	
F0001	大學精神	280	
F0002	老北大的故事	295	
F0003	紫色清華	295	
F0004-1	哈佛名師教你如何讀大學	300	
F0005	哥大與現代中國	320	
F0006-1	百年大學演講精選	320	
F0007-1	大師與門徒：哈佛諾頓講座	250	
分享系列			
S0001-2	115歲，有愛不老	280	
S0002	18歲，無解	150	
S0003	小飯桶與小飯囚	250	
S0004	藍約翰	250	
S0005	和平:諾貝爾和平獎得主的故事	260	
S0006	一扇門打開的聲音—我為什麼當老師	300	

訂購人：________________

寄送地址：

□□□

聯絡電話:(請詳填可聯繫方式)

(O) ________________

(H) ________________

手機 ________________

發票方式：

□ 抬頭：________________

□（二聯） □（三聯） ____________

統 一 編 號

訂購金額：________________元

郵資費：

□免 / □　　元（未滿1500元者另加）

應付總金額：________________元

訂購備註：

（訂購單請連同劃撥收據一起傳真）

訂購請洽：立緒文化事業有限公司

電話：02-22192173　傳真：02-22194998

地址：231新北市新店區中央新村六街62號

國家圖書館出版品預行編目資料

閒暇：一種靈魂的狀態／尤瑟夫．皮柏（Josef Pieper）著；劉森堯譯.三版.－新北市新店區：立緒文化，民 107.05
面； 公分.（新世紀叢書）
譯自：Leisure: The Basis of Culture

ISBN 978-986-360-107-4（平裝）

1.哲學 2.信仰 3.文化 4.德國

147.79 107005620

閒暇：一種靈魂的狀態 Leisure:The Basis of Culture

（第一版書名：閒暇：文化的基礎）

出版——立緒文化事業有限公司（於中華民國 84 年元月由郝碧蓮、鍾惠民創辦）
作者——Josef Pieper
譯者——劉森堯

發行人——郝碧蓮
顧問——鍾惠民

地址——新北市新店區中央六街 62 號 1 樓
電話——(02)22192173
傳真——(02)22194998
E-Mail Address: service@ncp.com.tw
網址：http://www.ncp.com.tw
劃撥帳號——1839142-0 號 立緒文化事業有限公司帳戶
行政院新聞局局版臺業字第 6426 號

總經銷——大和書報圖書股份有限公司
電話——(02)8990-2588 傳真——(02)2290-1658
地址——新北市新莊區五工五路 2 號
排版——伊甸社會福利基金會附設電腦排版
印刷——祥新印刷股份有限公司

法律顧問——敦旭法律事務所吳展旭律師

分類號碼——147.00.001
ISBN 978-986-360-107-4
出版日期——中華民國 92 年 12 月～93 年 6 月初版 一～二刷 (1～4,500)
中華民國 98 年 3 月二版 一刷(1～1,600)
中華民國 107 年 5 月 三版 一刷（1～1,000）

定價◎280 元

立緒文化事業有限公司　信用卡申購單

■信用卡資料

信用卡別（請勾選下列任何一種）

□VISA　□MASTER CARD　□JCB　□聯合信用卡

卡號：＿＿＿＿＿＿＿＿＿＿＿＿

信用卡有效期限：＿＿＿＿年＿＿＿＿月

訂購總金額：＿＿＿＿＿＿＿＿＿＿＿＿

持卡人簽名：＿＿＿＿＿＿＿＿＿＿＿＿（與信用卡簽名同）

訂購日期：＿＿＿＿年＿＿＿＿月＿＿＿＿日

所持信用卡銀行　＿＿＿＿＿＿＿＿＿＿＿＿

授權號碼：＿＿＿＿＿＿＿＿＿＿＿＿（請勿填寫）

■訂購人姓名：＿＿＿＿＿＿＿＿＿＿＿＿性別：□男□女

出生日期：＿＿＿＿年＿＿＿＿月＿＿＿＿日

學歷：□大學以上□大專□高中職□國中

電話：＿＿＿＿＿＿＿＿＿＿＿＿　職業：＿＿＿＿＿＿＿＿＿＿＿＿

寄書地址：□□□

＿＿＿＿＿＿＿＿＿＿＿＿＿＿＿＿＿＿＿＿＿＿＿＿

■開立三聯式發票：□需要　□不需要（以下免填）

發票抬頭：＿＿＿＿＿＿＿＿＿＿＿＿

統一編號：＿＿＿＿＿＿＿＿＿＿＿＿

發票地址：＿＿＿＿＿＿＿＿＿＿＿＿

■訂購書目：

書名：＿＿＿＿＿＿、＿＿＿本。書名：＿＿＿＿＿＿、＿＿＿本。

書名：＿＿＿＿＿＿、＿＿＿本。書名：＿＿＿＿＿＿、＿＿＿本。

書名：＿＿＿＿＿＿、＿＿＿本。書名：＿＿＿＿＿＿、＿＿＿本。

共＿＿＿＿＿本，總金額＿＿＿＿＿＿＿＿＿＿＿＿元。

⊙請詳細填寫後，影印放大傳真或郵寄至本公司，傳真電話：(02)2219-4998

生活哲思—新文明生活主張

提倡簡單生活的人肯定會贊同畢卡索所說的話：「藝術就是剔除那些累贅之物。」

小即是美

M型社會的出路
拒絕貧窮
E. F. Schumacher ◎著

中時開卷版一周好書榜
ISBN: 978-957-0411-02-7
定價：320元

少即是多

擁有更少 過得更好
Goldian Vandn Broeck◎著

ISBN:978-957-0411-03-4
定價：360元

簡樸

世紀末生活革命
新文明的挑戰
Duane Elgin ◎著

ISBN :978-986-7416-94-0
定價：250元

靜觀潮落

寧靜愉悅的生活美學日記
Sarah Ban Breathnach ◎著

ISBN: 978-986-6513-08-4
定價：450元

美好生活：貼近自然，樂活100

我們反對財利累積，
反對不事生產者不勞而獲。
我們不要編制階層和強制權威，
而希望代之以對生命的尊重。
Helen & Scott Nearing ◎著

ISBN:978-986-6513-59-6
定價：350元

倡導純樸，
並不否認唯美，
反而因為擺脫了
人為的累贅事物，
而使唯美大放異彩。

中時開卷版一周好書榜

德蕾莎修女：一條簡單的道路

和別人一起分享，
和一無所有的人一起分享，
檢視自己實際的需要，
毋須多求。

ISBN:978-986-6513-50-3
定價：210元

115歲, 有愛不老

一百年有多長呢？
她創造了生命的無限可能

27歲上小學
47歲學護理
67歲獨立創辦養老病院
69歲學瑜珈
100歲更用功學中文……

宋芳綺◎著
中央日報書評推薦

ISBN:978-986-6513-38-1
定價：280元

許哲與德蕾莎
修女在新加坡

大塊文化 閱讀卡

姓　名：

地　址：□□□

電　話：(　　)　　　　　傳 眞：(　　)

E-mail：

您購買的書名：____________________

購書書店：__________市（縣）______________書店

■您習慣以何種方式購書？

□逛書店 □劃撥郵購 □電話訂購 □傳真訂購 □銷售人員推薦
□團體訂購 □網路訂購 □讀書會 □演講活動 □其他________

■您從何處得知本書消息？

□書店 □報章雜誌 □廣播節目 □電視節目 □銷售人員推薦
□師友介紹 □廣告信函 □書訊 □網路 □其他__________

■您的基本資料：

性別：□男 □女　婚姻：□已婚 □未婚　年齡：民國______年次

職業：□製造業 □銷售業 □金融業 □資訊業 □學生
□大眾傳播 □自由業 □服務業 □軍警 □公 □教 □家管
□其他____________________

教育程度：□高中以下 □專科 □大學 □研究所及以上

建議事項：

愛戀智慧 閱讀大師

廣　告　回　信
北區郵政管理局登記證 北臺字8448號
免　貼　郵　票

立緒文化事業有限公司　收

新北市 2 3 1

新店區中央六街62號一樓

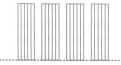

請沿虛線摺下裝訂，謝謝！

立緒文化 閱讀卡

感謝您購買立緒文化的書籍

為提供讀者更好的服務，現在填妥各項資訊，寄回閱讀卡（免貼郵票），或者歡迎上網至http://www.ncp.com.tw，加入立緒文化會員，即可收到最新書訊及不定期優惠訊息。